小学館文庫

私はスカーレット Ⅳ

林真理子

JN030996

小学館

【主な登場人物】

スカーレット・オハラ（ハミルトン）……物語のヒロイン。ジョージア州にある大農園タラの主《あるじ》の長女。人を惹《ひ》きつける美貌と激しい気性の持ち主。物語の冒頭では16歳。

メラニー・ハミルトン（ウィルクス）……謙虚さと慈愛の心を持つ聡明な女性。従兄のアシュレと結婚。愛称はメリー。スカーレットより１歳年上。

レット・バトラー……チャールストンの名家の出身だが、家からは勘当されている。商才があり独自の哲学を持つ不思議な男性。物語の冒頭では33歳。

アシュレ・ウィルクス……スカーレットが恋焦がれるウィルクス家の長男。芸術や読書、ヨーロッパの文化を愛する青年。父親はジョン・ウィルクス。メラニーと結婚。

ジェラルド・オハラ……スカーレットの父。
エレン・オハラ……スカーレットの母。
マミイ……スカーレットの乳母。
プリシー……オハラ家の使用人の少女。
ポーク、ディルシー……オハラ家の使用人。プリシーの両親。
サム（ビッグ・サム）……オハラ家の農園の使用人。
スエレン、キャリーン……スカーレットの妹たち。
ウェイド……チャールズとスカーレットの息子。
タールトン家、カルヴァート家、フォンテイン家、マンロー家……
タラ農園の近隣に住む名家。それ

それに南北戦争で息子や夫を失う。
タールトン家：4人の息子を失う。
カルヴァート家：北部出身の後妻と先妻の娘キャスリンなどが残る。
フォンテイン家：70代の夫人、50代の嫁、20歳の嫁サリーが残る。

ハニー、インディア ………………… アシュレの妹たち。

スラッタリー ………………………… オハラ家の奴隷監督だった男。戦争で成り上がる。

ヒルトン ……………………………… カルヴァート家の奴隷監督だった男。戦争で成り上がる。

フランク・ケネディ ………………… スエレンの婚約者である中年男性。

ウィル・ベンティン ………………… タラ農場にたどり着いた片脚が義足の負傷兵。上流階級出身ではないが生活力があり、スカーレットを助ける。

ピティパット・ハミルトン ……… チャールズとメラニーの叔母。愛称はピティ。

ヘンリー・ハミルトン …………… チャールズとメラニーの叔父。ピティの兄。

ミード夫妻 …………………………… アトランタ在住の医師とその妻。二人の息子を戦争で失う。

メリウェザー夫人、エルシング夫人、ホワイティング夫人 ……
アトランタの実力者の妻たち。メリウェザー夫人の娘はメイベル、エルシング夫人の娘はファニー。

チャールズ・ハミルトン ………… メラニーの兄でスカーレットの最初の夫。出征から数ヶ月で病死。

――前巻（『私はスカーレットⅢ』）のあらすじ

十七歳で未亡人となり、アトランタにある亡夫チャールズとその妹メラニーの生家で暮らすスカーレット・オハラ。戦局は好転せず、南軍は追いつめられていく。アトランタでも物資が底をつき、スカーレットもひもじい日々を送る。それでも南軍の勝利を疑わず、根拠のない自信を持つアトランタの人々にスカーレットはどこか違和感を抱く。

病院は負傷兵で溢れ、壊疽《えそ》、腸チフス、肺炎などにより日を追って死者が増えていく。悪臭と苦痛の声に耐えきれなくなったスカーレットは、看護の仕事を放り出して病院を抜け出す。そこを馬車で通りかかったレット・バトラーに家まで送り届けてもらう道すがら、故郷タラ農園のリーダーだったサムに遭遇する。彼ら黒人たちは、アトランタ防衛のための壕《ごう》を掘る目的で集められていた。スカーレットは、北軍《ヤンキー》がすぐそばまで来ていることを感じる。

ある日、ついに退却が始まり、何千人もの南軍の兵士が町に流れ込む。もうじき北軍が町に攻めてくる。人々は脱出を始め、スカーレットもタラに帰ろうとするが、「私を一人にしないで」と身重《みおも》のメラニーに泣きつかれたうえ、「私のめんどうをずっとみるって。あなたに頼んだってアシュレは私に言った」と呪文のような言葉を投げかけられる。

メラニーを連れてタラに帰ろうとするも、衰弱したメラニーに移動は無理と医者のミードに止められる。アトランタからは人が消え静まり返っている。

町が包囲されて一ヶ月が経《た》ち、絶え間なく響いていた砲弾の音が不意に静かになった夏の終わり、突如遠雷のような大砲の音が響く。そしてメラニーが産気づく。ミード先生を病院へ呼びに行くも、何百人もの負傷兵に囲まれる先生を連れだすことは出来なかった。「もう頼れる人は誰もいない」と覚悟を決めたスカーレットは自らメラニーの赤ん坊を取り上げることを決意する。

何とか男の子を取り上げたスカーレットはタラへの逃亡を考え、レットに助けを求める。彼の調達した荷馬車に乗り、スカーレットと息子のウェイド、メラニーと赤ん坊、使用人のプリシーの一行は爆撃で燃え上がるアトランタをようやく脱出する。

町の外へ出た頃、「僕はここでお別れだ」と告げるレット。これから南軍に入隊するというレットの告白にあっけにとられるスカーレット。そしてレットは「愛してるよ」と静かに抱き締め、体中が熱くなるようなキスを浴びせる。罵《ののし》りの言葉もろとも、スカーレットはとっさに平手打ちを食らわせる。

本当に行ってしまったレット。タラまでの旅に怖れを感じながらもスカーレットは荷馬車を前に進め、ついにタラへ到着する。タラの屋敷は残っていたものの、前日、腸チフスがもとで母のエレンは命を落としていた。父親はショックを受けうわ言を言い、二人の妹も病床に伏せていた。タラは主《あるじ》を失っていたのだ。現実に直面したスカーレットは、暗たんたる思いに沈んでいった。

私はスカーレット Ⅳ

25

私はウイスキーを飲んだ。

ひしゃくからすくって、ぐびぐびと飲んだ。お母さまがいたら、絶対に許されないことだっただろう。

だけどお母さまはもういない。もう死んでしまった……。いいえ、そんなこと嘘よね、嘘だわ。でもお父さまは確かに言った。お母さまは死んだと。何よりもここに現れないじゃないの……。お母さまはどこ？　本当に死んだの？

私は混乱して頭がおかしくなりそう。だからまたひしゃくにすくって、ウイスキーを飲んだ。うちでつくって畑に埋めておいたウイスキーは、ものすごくきつい。喉が熱くなった。でも止まらない。もう一杯ひしゃくにすくって飲む。先に酔っぱらったお父さまは、さっき寝室に入ってしまった。

私はかぼそい蠟燭《ろうそく》を持って、妹たちの部屋に向かった。ドアを開けたとたん、ものすごい悪臭が襲ってきた。窓を閉めきっているから、体臭と薬のにおいがこもっているのだ。くらくらするぐらい。窓を閉めきっているから、体臭と薬のにおいがこもっているのだ。それよりも豚の脂を燃やすにおいがすごい。いくら蠟燭が不足しているからって、この地獄のようなにおいは何なの……。

私は窓を開けた。病人にはよくないかもしれないけど、そんなこと知ったこっちゃない。窓を閉めたままなら、私は絶対にここにはいられないもの。

キャリーンとスエレンは痩《や》せ細って真青な顔をしていた。目は閉じたまま。何かつぶやいている。そんなに仲がよくない妹たちだったけれど、死と闘っている様子はやっぱり心が締めつけられた。私は傍《そば》の椅子に座り、ずっと二人を眺めていた。痩せた顔は骸骨《がいこつ》みたいだ。

部屋の隅には空っぽのベッドがあった。猫脚のこのフランス風ベッドは、お母さまが使っていたもの。でもお母さまはここに寝ていない。どうして……。

私はぼーっと二人の妹を見つめた。ウィスキーの酔いがまわってきたみたい。妹の顔がうんと大きくなって迫ってきたり、小さく遠ざかったりする。何なの、これ……。

やっとわが家にたどり着いたというのに、私は正気をなくしている。だってお父さまが、いきなりお母さまが死んだ、なんて言うから。そんなはずないわ。お母さまはどこにいるの？　そうよ、早く出てきて。お母さまの膝に顔を埋《うず》めて、どんなつらい目にあったか聞いてもらいたい……。お母さまに、よくやりましたね、と言ってもらいたい。

音がしてふり向いた。ディルシーが入ってきたんだ。胸元にメラニーの赤ん坊を抱いている。赤ん坊はディルシーの黒い乳房にむしゃぶりついているじゃないの。まるで母猫に抱かれた仔猫《こねこ》みたい。安心しきった様子は、この家で私が初めて見た温かい光景だった。

私はよろよろと立ち上がって、ディルシーの腕に手をかけた。

「残ってくれたのね。ありがとう、ディルシー」

「どうして私がクズどもと逃げたりするもんですか。スカーレットさま、お父さまはご親切に私と娘のプリシーを買ってくださったし、お母さまにはとてもよくしていただきました」

ネイティブ・アメリカンの血が流れていて、とても綺麗《きれい》で賢いディルシー。どうしてこんなしっかりした女から、あんなバカな娘が生まれたんだろう。プリシーのせいで、腹が立つことばかりだった。

私はやっかいなことをいちどきに思い出した。

「赤ちゃんはちゃんとお乳を飲んでるのね、よかったわ。メラニーの具合はどう？」

「この子は大丈夫です。ただお腹が空いていただけです。メラニーさまのこともご安心ください。ただとてもお疲れになっているだけです。私がウイスキーをちょっと差し上げたら、ぐっすりおやすみになりました」

メラニーがウイスキーを飲んだなんて信じられないけど、まあよかった。赤ん坊も無事だった。でもこの後は何をしたらいいんだろう。ああ、頭がくらくらする。押し寄せてくる目の前の問題をひとつひとつ解決しなきゃ。でもそれはもう少し後にしよう。

やがて井戸水を汲《く》み上げる音が聞こえてきた。マミイだ。

「お嬢さま方の体を拭《ふ》くために、ああして水を汲みに行ってるんですよ」

ディルシーは私がそうするように言ったので、やっと椅子に腰をおろした。赤ん坊はもうたっぷりとお乳を飲んだはずなのに、乳首をはずすとぐずり出した。仕方ない。生まれてから一度もお乳を貰ってなかったんだもの。ディルシーはやさしくまた赤ん坊にお乳を吸わせ両手であやしていた。何もなかったみたいな平和な光景だった。

信じられないぐらい静かな夜で、水を汲み上げる音はまるで子守歌みたいだった。ぎーこ、ぎーこと規則正しい音が耳に届く。

ああ、早く横になりたい。コルセットをはずして、喉を締めつけている衿《えり》をゆるめたい。砂や砂利がこびりついた靴を脱ぎたい。私がそうしなかったのは、マミイにだらしない姿を見せたくなかったから。

そして汲み上げる音が止まった。もうじきマミイがやってくる。階段を上がるみしみしという音が近づいてきた。

マミイの重たい体で、二階の廊下が揺れる。ドアが開いた。木のバケツを両手に持ったマミイ！　私を見てにっこりと笑った。私はその広い胸に突進した。このあったかい大きな胸。これこそがタラ。私のうち。

マミイもしっかりと受け止めてくれた。

「私のお嬢さまが帰ってらした！　スカーレットさま、よくご無事で」

「マミイ！」

それなのにマミイは、すぐ絶望的な言葉を口にするではないか。

「ああ、スカーレットさま。エレンさまがお亡くなりになったんです。いったいどうしたらいいんでしょうか。ああ、私もいっそ一緒にお墓に入ってしまえばよかったのに。エレンさまなしでは、とてもやっていけません」

そんなことを言うのはやめてと、私はマミイのしわだらけの顔を撫《な》でた。どうしていいのかわからないのはこの私なのに！

だけどその瞬間、マミイはいつものマミイに戻っているではないか。

「お嬢さま、なんですか、この手は」

私の血まめだらけの手をつかんだ。

「いつも申し上げてたじゃありませんか。貴婦人は手を見ればわかるって。それにお顔も陽灼《ひや》けしてますよ。まあ、なんてこと」

可哀想なマミイ。こんな目にあったというのに世間からずれている。戦争と死が自分の目の前を通り過ぎていくのを見ていたはずなのに。

それどころではないと、私は威厳を持って尋ねた。

「ねぇ、マミイ、あなたの口からお母さまのことを話して頂戴《ちょうだい》」

お父さまの脈絡のない話を聞くのは耐えられなかった。だけどマミイにとっては、とても残酷な質問だったようだ。すぐには答えず、私に急に背を向けた。泣いているんだ。泣きながらバケツをベッドの傍に運んだ。そしてキャリーンとスエレンの寝巻きを脱がせた。キャリーンの着ているナイトガウンは、清潔だったけどボロボロだった。スエレンの着ていた古ぼけたネグリジェは、褐色のリネンに、アイリッシュレースがふんだんにあしらわれていた。二人の妹は、ものすごく痩せていて、見るのも怖いくらい。だけどちゃんと体を拭いてもらい、洗たくした寝巻きを着せてもらっている。マミイがどれだけ心を尽くして看病してくれていたかよくわかる。

マミイは静かに泣きながら、妹たちの首や腕を拭いていった。

「スカーレットさま、エレンさまを殺したのはスラッタリー家の連中ですよ」

プア・ホワイトと呼ばれる人たち。そこの娘は、確か結婚しないまま子どもを産んだんだわ。結局は死産だったけど、そのお産を手伝ったのはお母さまだった。

「あんな人間のクズどもに、何かしてやってもいいことはないと、私は口を酸っぱくして申し上げたものです。それなのにエレンさまはおやさしいうえに、ご自分の信念をお持ちでした。困っている人がいると、見過ごしに出来なかったんですよ」

「スラッタリーがどうしたの」

「今年の流行《はや》り病《やま》いにかかったんです。あの父なし子を産んだエミーが病気になって、母親がエレンさまに泣きついてきたんです。あつかましくって、何かあればいつもそうなんです。エレンさまは本当にお忙しくていらしたのに、それなのに出かけていってエミーを看病しておやりになったんです。エレンさまはずうっとお元気がなかった。なにしろ収穫したものはみんな南軍が持っていってしまうから、召し上がるものがありませんでした。もともとエレンさまは小食でいらっしゃいますから、体力がそんなにおありになりません。だからあんなところに行くなって、何度も何度も私は申し上げたんですよ。だけどエレンさまは耳を貸してはくださいませんでした。エミーがよくなり始めた頃、キャリーンさまが腸チフスにかかったんです。次にスエレンさまが倒れて、エレンさまはお二人の看病をずっとされてました……」

マミイは流れる涙をエプロンで拭《ぬぐ》った。私の脚は震えてくる。お母さまはここにいないだけだとずっと思い込もうとしていた。だけどマミイが言うなら、やっぱり本当なんだ。お母さまは死んだんだ……。

「近くでは戦いが始まるし、北軍《ヤンキー》が川を渡ってきて、野働きの者たちはみんな逃げ出しました。私は本当に頭がおかしくなりそうでしたが、エレンさまはご立派でした。決して取り乱すことはなかったんです。でもお嬢さま方のことが心配で、まるで幽霊みたいにやつれてしまわれました。あの時は薬も何もなくて、エレンさまは旦那さまを決してこの部屋にはお入れになりませんでした。でも、私とディルシーだけは、前にチフスをやったことがあるんで入ってこられました。エレンさまはろくに食べ物もない中、お嬢さま方を必死で看病され……そして最後はご自分が……」

そこでマミイは顔をおおった。

「あの親切な北軍のお医者さんでさえ、手のほどこしようがなかったんですよ。最後は私が話しかけても誰だかわかりませんでした」

「ありがとう、マミイ」

私は両手をマミイの膝の上に置いた。灰色になったエプロンが、マミイの苦労をもの語っていた。

「それで最期に、お母さまは私のことを何かおっしゃった？　私の名を呼んでくれたの」

「いいえ、何もおっしゃいませんでした。どなたの名前も……」

がっかりした。その時だ。ディルシーが赤ん坊を揺らしながらはっきりと言ったんだ。

「いいえ、お呼びになりました。最期にどなたかを」

「お前は黙っておいで！」

マミイは怖ろしい見幕でディルシーを睨《にら》んだ。

「いいえ、ディルシー、話して頂戴」

私はきっぱりと言った。なぜかわからないけれど、どうしても聞いておかなければと思ったんだ。

「あれは北軍の兵士どもが、綿花を小屋から転がしていった夜です。ジョージアでいちばん大きな焚《た》き火《び》をするってわめいてました。火が燃え上がって、あたりが昼のように明るくなりました。この部屋にもあかりが百個ついたようでした。その時エレンさまは目を覚まされ、何度か大きな声でおっしゃいました。フィリップ、フィリップって」

私は少し後ずさりした。お母さまが死ぬ間際に叫んだのは、私でもお父さまの名でもなかった。フィリップっていう男の人の名前。お母さまにとって、いったいどんな人なんだろう。ああ、わからない。わからないわ。

気がつくと、私は自分の部屋のベッドに横たわっていた。酔っぱらった私の服を、マミイとディルシーが脱がしてくれたみたいだ。

あたりに月の光が射しこんでいる。シーツはかびくさかったけれど、やわらかいベッドに横たわっている。このことは私をどんなに安らかにしてくれただろう。でも眠れない。私はいろんなことを考える。朝になったらいろんなことをしなくっちゃ。

オークス屋敷とマッキントッシュ屋敷に行って、荒れた菜園に何か残っていないか探そう。川沿いの沼地に、迷い込んだ豚や鶏がいないか見てみよう。ジョーンズボロかラヴジョイにお母さまの宝石を売りに行くのは？　あの町なら、何か食べるものを売っているかもしれない……。

そうよ、私はお母さまの代わりをしなきゃ。タラのみんなを食べさせなきゃいけないんだ。ああ、いろんなことを考えているととても眠れそうもない。体は限界を超えて、眠ろう、休もうとしているのに、頭は冴《さ》えるばかりだ。お母さまが最期に呼んだ男の人は、いったい誰なんだろう。

恋人？　まさかね。お母さまは十五歳で四十過ぎたお父さまと結婚した。その前に恋人がいるはずはないわ。

でも、もしかすると……。ああ、わからない。こんなことを考えるのはいけないとはわかっているけれど、私はそんなことがあってもいいかなあ、とちらっと思い始めてる。たとえ恋人じゃなくても、お母さまが好きになった男の人がいたのなら、それはとても素敵なことじゃないだろうか。ずうっと私たちの世話と家事に追われていたお母さまに、ちょっとでも甘やかな思い出があったとしたら……。

ああ、なんだか眠くなってきた。そう、私は夢をみていたんだ。火の中を逃げてきたこともみんな夢。このまま眠れば、朝になってお母さまが起こしてくれる。やさしく肩を揺らして。

「さあ、私の可愛い娘、起きなさい」

と言ってくれるはず……。

そして再び唐突に私は目を覚ました。ものすごい吐き気と共に。ウイスキーのせいで二日酔いみたいだ。手のひらのまめがつぶれてとても痛い。陽灼けで顔がひりひりしている。

今まで私が迎えた朝で、最低の朝だった。

胃がむかむかして、つわりの時みたいだった。朝ごはんにふかしたサツマイモが出たけど、そのにおいにむっとしてしまった。

お父さまはずっとそわそわしている。扉の方を見て落ち着かない。私に言った。

「母さんを待とう。母さんは遅いな」

私はぎょっとしてお父さまを見上げた。その後ろにマミイが立っている。かすかに首を横に振った。黙っていなさい、という合図だ。

嘘でしょう！　こんなことってある？　お父さまがボケてしまったなんて！　昨夜話した時には、ちゃんとつじつまが合っていたじゃないの。これってショックで起こった一時的なものなの？

今後のことをお父さまと相談するつもりだったのに、どうすればいいだろう。

私は何も食べずに食堂を出た。頭のねじがゆるんだお父さまと、とても一緒にいられない。

裏のポーチに行くと、ポークが階段に座ってピーナッツの殻を割っていた。裸足《はだし》で古びた野良着をまとっていた。黒人たちのたばね役で、お父さま付きの従者だったポークは、いつもぱりっと糊のきいた白いシャツに上着を着ていた。それなのにこんなみじめな格好をしているなんて。

私は後ろめたい気持ちを隠すために、次々と彼に質問した。

「あのおいぼれ馬はどうなった？　牛は大丈夫？　ちゃんと乳が出るわよね」

ポークは答えた。

「スカーレットさま。馬は死にました。バケツの水の中に頭をつっ込んで。牛は昨晩子どもを産みました。だからあんなにメエメエ鳴いていたんですよ。仔牛はすぐに育って乳を出します。お嬢さま方に必要なミルクやバターをつくってくれますよ」

「他の家畜はどうなっているの」

「全部北軍に盗《と》られました。年とった牝豚《めすぶた》とその仔豚が残っているだけです。それも北軍が来る前に沼地に隠しましたが、どこに行ったかはわかりません」

「まあ、いいわ。お前とプリシーで、すぐにつかまえに行って頂戴」

ポークは目を丸くしてこちらを見た。

「スカーレットさま。豚をつかまえるなんて、野働きの者がすることとです。私は生まれてこのかた、お屋敷仕事しかしたことがありません」

私はカッと体が熱くなった。野働きの者の仕事なんて言って、拒否が出来ると思ってるの！

「いいから豚をつかまえて。それが出来ないなら、野働きの者たちがそうしたようにここを出ていけばいいわ」

「ここを出ていけとおっしゃるんですか⁉」

ポークの目がうるんでいる。でも私の知ったこっちゃないわ。そうよ、私はいらいらしているのよ。どうしようもないくらいに。

「スカーレットさま、ここを出てどこへ行けとおっしゃるんですか」

「そんなこと私は知らないわよ。働く気のない者はタラにはいらない。働く気がないなら、北軍にでもついていくことね。皆にもそう伝えて頂戴」

「承知いたしました」

ポークは慇懃《いんぎん》に答えたが、その顔は、

「エレンさまがいたならば」

と語っていた。

「それでトウモロコシや綿花はどうなっているの」

「トウモロコシですか。連中は自分たちの馬を畑に放して、さんざん食べさせました。そして残ったものはすべて持っていきました。綿花畑も、砲車やら荷馬車を引きまわされてひどいありさまです」

「もう収穫は出来ないってこと？」

「ただひとつ、川沿いの数エーカーだけは気づかれずに残っています。わざわざ荒らすほどでもなかったのかもしれません。ほんのわずかの収穫しか出来ないところですから」

野働きが全員逃げ出してしまった今、綿花を摘む者なんか誰もいないのだから、それでいいのかもしれない。

「ポーク、オークス屋敷やマッキントッシュ家の菜園に、何か残っていないか見に行ってきてくれない」

「スカーレットさま、とんでもない。今、タラから出る者なんか一人もいませんよ。北軍につかまったらどうなるか」

「でもディルシーにマッキントッシュ屋敷に行ってもらうわ。何か食べるものが見つかるかもしれない。私はオークス屋敷を見てくるわ」

「北軍やたちの悪い奴隷があのへんに潜んでいるかもしれない。お嬢さま一人で行くなんてとんでもないです」

「マミイは妹たちの看病をしてるし、お前とプリシーは豚をつかまえに行くんだから、私が一人で行くしかないじゃないの」

私はマミイが使っている陽よけ用の帽子をかぶった。清潔だけど野暮ったい麦わら帽子。私はふとレットがプレゼントしてくれたパリ製の帽子を思い出した。私の瞳の色と同じ緑のボンネットは、羽根がいっぱいついていたっけ。あれをかぶっていたのは、ついこのあいだのことだなんて誰が信じられる?

樫《かし》でつくった大きなかごを持った。頭が痛い。一歩一歩が脳天に響いてくる。荒れた綿花畑をずんずん歩いていく。川辺への赤い道は灼けつくようだった。日陰をつくる木は一本もない。舞い上がる土煙《つちけむり》が、鼻にも喉にも入り込んでいく。

道の真中には、馬が重い砲車を引きずっていった跡が、深い溝となって残っていた。道の両端や畑には、兵隊たちが残していったものがいっぱいころがっていた。水筒にボタン、北軍の青い軍帽、履き古した靴下や、ボロきれ……。ここにも戦争が通っていったんだ。

やがて杉に囲まれたオハラ家の墓所が見えてきた。私はそっちを見ないようにした。あそこには新しい墓があって、お母さまが眠っている。やっと実感が出来たけど、まだ祈る気にはなれなかった。

スラッタリー家の小さな焼け跡もあった。住民はどうしたんだろう。みんな焼け死んでしまっていたらいい気味なのに。タラの会計係とのあいだに、私生児を産んだあの汚らわしいエミーさえいなければ、お母さまは今も無事でいられたのに。口惜《くや》しくて口惜しくて、私は血が出るほど下唇を噛《か》んだ。

やがて長い坂道をくだりきり、川を渡った。もうじきオークス屋敷に着く。土手にのぼる。そして私は大きな声をあげた。

オークス屋敷の名の由来の、十二本の樫の木《トゥエルヴ・オークス》はまだそこに立っていた。炎によって茶色に変色して。

白い円柱が連なり、かつて郡でいちばん美しい邸宅といわれていたオークス屋敷は跡かたもなかった。すすけた礎石に黒こげの残骸。半分焼けた長い円柱が芝生の上に横たわっていた。

ここが私をいつもやさしく迎えてくれたあの優雅な屋敷だなんて。いつか女主人になることを夢みていたこともあったっけ。

そう、あの日、この屋敷で行なわれたパーティーで、私の運命は変わったのだ。婚約するアシュレとメラニーの姿を見て、私は破れかぶれになった。そして屋敷の廊下で、チャールズ・ハミルトンのプロポーズを受けたんだわ。

「ああ、アシュレ……」

私は天をあおいだ。

「いっそあなたが死んでくれた方がいいわ。こんなありさまをあなたに見せたくないわ」

だけどこのまま泣いてはいられない。つらいとか、悲しいという気持ちにひたるのは明日にしよう。とにかく今は食べるものを探さなくては。

薔薇園《ばらえん》の脇を通り裏道を抜けた。燻製所《くんせいじょ》や納屋もすべて焼きはらわれていた。馬小屋にはヒヨコ一羽いない。菜園もタラと同じだった。すべて馬に踏みつぶされていた。

私は小屋が立ち並ぶ一角に向かう。ここはウィルクス家の野働きの奴隷が住んでいたところ。

「誰かいるの？」

と声をかけたが、返事はなかった。みんな逃亡したか、北軍についていったのだろう。その時私は思い出した。ウィルクス家では、奴隷たち一人一人に、小さな畑を与えていたことをだ。きっと北軍もそこは荒らしていないはずだ。

柵《さく》の中に入ってみる。私の勘はあたっていた。あまりにも疲れ過ぎていて、嬉しいと感じる余裕もなかったけれど。

干からびてはいたけど、まだ枯れてはいない蕪《かぶ》やキャベツ、変色してるけど食べられるライ豆やいんげん豆を見つけた。私はしゃがみ込んで、指で土を掘った。

別の畑では二十日《はつか》大根が植えられていた。大根を見たとたん、激しい空腹が私を襲った。朝から何も食べていなかったし、きりりと辛い二十日大根を舌が欲していた。私はろくに泥もぬぐわず、それをがりりと囓《かじ》った。暑さのために大根は古く饐《す》えていた。無理に呑《の》み込んだため、空っぽの胃が逆流を起こした。私は草の上につっぷして、しばらくだらだらと吐いた。吐き続けていると目がまわってきた。

私はそのまま草の上に倒れた。草も木々もぐるぐるとまわっている。土はふんわりとやわらかくて、半分気絶している私を受け止めてくれた。

この私が、スカーレット・オハラが、こんな風に吐いて倒れているなんて……。この屋敷のパーティーでも、いつも私は主役だった。ここのうちの娘たちなんか目じゃなかった。この郡の若い男は、私と一曲踊ることに心血を注いだ。たくさんの目くばせ、たくさんの告白、たくさんの懇願……。ドレスを着て踊っていた私。誰よりも綺麗といわれたスカーレット・オハラ。その私が、こんな腐った二十日大根を泥のまま囓って、ずっと吐き続けている。体が動かない。なのに、世界中の誰もそのことを知らず、気にとめていないんだ。いや、知ったとしても、誰も構ってくれるはずはない。誰も彼《か》も生きることで精いっぱいなんだ。

これからどうやって食べていけばいいの？　頭がおかしくなったお父さまと、病人が二人。産後すぐの女と生まれたての赤ん坊を、どうやって食べさせればいいの。

なのにお母さまはいないんだ。私一人だけ。私一人で生きていかなくては。

今まで嫌なこと、困ったことはずっと先おくりにしていた。ゆっくりと後から考えればいいと思っていた。だけどもう、結論を出さなきゃいけないんだ。目の前の現実をちゃんと受け止めなくては。

私は立ち上がった。少しふらふらしたけど、ちゃんと立てた。もうここで、レースとシフォンのドレスを着て、くるくると踊っていたことは忘れるんだ。今の自分を見よう。ボロっちい服を着て、真赤に陽灼けしている女、それが私。でも生きている。生きていかなきゃならないのなら、たくさんのことを捨てなくては。そうよ、私しかいないの。この世でもう私を守ってくれるのは、私、スカーレット・オハラだけなの。

私は最後にもう一度オークス屋敷の焼け跡を見つめた。そしてさようなら、と言った。もう私は過去をふり返らない。昔のプライドなんてどうでもいい。

私はタラに向かって歩き出した。野菜を入れたかごが肩に食い込むけど、構わなかった。これだけの野菜があれば、五日間はみんなで食べられる。その喜びの方が大きかった。

私は天に向かって声を発した。それは祈りじゃない。決意というものだった。

「神さま、見ていてください。私は北軍なんかに負けません。必ず生き抜いてみせます。そしてこの戦いが終わったら、私はもう二度と飢えはしません。そのために盗みや殺しを犯すことになっても。神さま、見ていてください。私はもう二度と飢えません」

26

家にたどり着いて二週間が経《た》った。

奇妙で静かな生活がずっと続いている。

外で戦争が行なわれているなんて嘘みたい。それどころか、近所の人たちが生きているのか死んでいるのかもわからないんだもの。あのおいぼれ馬は、ここにたどり着いたとたん死んでしまった。だから様子を見に行くなんて無理。この暑い最中《さなか》、赤い道をずうっと歩く元気なんて私にはもうなかった。

とにかく食べるものを探して、うちの中や近くの畑を這《は》いずりまわり、三人の病人のめんどうをみる毎日。なんだか夢の中をふわふわ歩いているみたい。音がほとんど聞こえないのも夢と同じだ。

私は時々、何か聞こえてきやしないかと耳を澄ませることがあった。

並んでいる黒人の小屋から聞こえてくる、子どもたちのかん高い笑い声。一日の仕事を終えて、畑から戻ってくる荷馬車のきしむ音。お父さまが草原を駆け抜けていく時の、馬のひづめの音。馬車が近づいてくる音がして、近所の誰かしらがやってくる。午後のお茶の時間が始まる。

だけどもう何も聞こえてきやしない。

この屋敷の中だけが世界みたい。思い出が時々押し寄せてくる。私はそれをふりはらおうと必死になる。

思い出がこんなに苦痛を伴うものなんて、今まで知らなかった。それは精神的なものじゃない。空腹でこんなにつらい時に、食べ物を思い出すと胃がキューッて痛くなる。

毎朝目がちゃんと覚めるまでのまどろみの中、私は塩漬けの豚肉を焼くにおいや、焼きたてのロールパンのにおいを確かに感じた。そして、はっとして起き上がるんだ。

それをきっかけに、タラの食卓が次々と甦《よみがえ》る。

夕暮れ、食卓に蠟燭《ろうそく》がともされる。ロールパン、トウモロコシのマフィン、ワッフル、すべて一食のためにたっぷりと焼かれたもの。テーブルには豚のもも肉、揚げた鶏肉が並び、ケールが玉虫色の肉の脂の中で泳いでいる。

野菜だっていっぱい。花模様の大皿の上には、いんげん豆が山のように積まれ、揚げたカボチャにオクラのシチュー、濃厚なクリーム、ソースで煮たにんじん……。

デザートはいつも三種類用意されていた。チョコレートのスポンジケーキに、ブラマンジェ、甘いホイップクリームをのせたパウンドケーキ……。

太るのが嫌で、私はいつも手を出さなかった。するとマミイの声が飛ぶ。

「スカーレットさま、小鳥だってもっと食べますよ。さあ、このケーキをひと口でいいから召し上がってください。そうしないと、ひなびた枯れ枝みたいになりますよ」

私の声もする。

「うるさいわねー、私はもうお腹いっぱいなの。もうひと口だって入らないわ……」

ああ、あの食卓のことを思い出すと、私は悲しくてつらくって、お腹を押さえながら泣いてしまう。

甘いケーキが食べたい。ロールパンが食べたい。

毎日口にするものといえば、ちょっぴりのリンゴとサツマイモ、ゆでたピーナッツと牛乳だけ。

息子のウェイドはいつもベソをかいている。

「僕、おイモ嫌い。ウェイド、お腹空いたよ……」

大人たちも愚痴を言うから腹が立つ。

ディルシーは、

「スカーレットさま、もっと何か食べさせていただかないと、二人分どころか一人分のお乳も出ません」

「スカーレットさま、これじゃ体がふらふらで薪割《まきわ》りが出来ません」

とポーク。

「お嬢さま、マミイだってまともなものを食べたいんです」

マミイが食べ物のことを口にしたのにはびっくりした。そういえば、ピカピカの黒い綺麗《きれい》な肌は輝きを失っていたし、大きな体は確かにしなびて見えた。

お父さまでさえ、私に文句を言う。

「わしは毎日毎日、イモを食わなければいけないのか」

ただ一人、メラニーだけは何も言わなかった。その顔はどんどん痩《や》せて青白くなっていくのに、スープ一杯欲しがろうとはしない。

「私はお腹は空いていないわ。私の分をディルシーにあげて頂戴《ちょうだい》。赤ちゃんにお乳をあげてもらわないといけないんだもの。私は病人だからお腹は空かないわ」

こういうのって、ものすごくいらつく！　言い返すことが出来ない言葉って、本当はものすごくずるいと思う。

お父さまも使用人たちも、そしてウェイドもメラニーにべったりだ。メラニーのことをなんていい人だって慕っている。必死にこの家を支えて、食べ物を確保しようとしている私は、いつも怒鳴ってる悪い人、ということになる。これってものすごくおかしいと思わない？

息子のウェイドがまとわりついてきても、私はいつも叱《しか》る。だって遊んでやる余裕なんてないんだもの。

「あっちに行ってらっしゃい！」

「そのキーキー声、何とかならないの⁉」

そのたびに、ウェイドの目に私への恐怖がありありと浮かぶようになった。あの逃避行のショックが、ちっちゃな彼にしっかりと残っているのはわかる。それまではアトランタの屋敷で、ハミルトン家のたった一人の跡取りということで、私以外の皆にちやほやされ大切にされていた。それがあの日、ガタガタの荷馬車で逃げまどい、母親の私から、

「いい、声をたてたら北軍《ヤンキー》につかまって、すぐに殺されてしまうのよ」

って脅かされ続けてきたんだ。

いつのまにかウェイドは、母親の私のことを本当に怖がって、メラニーにべったりになった。いつもメラニーの寝室に入りびたっている。

メラニーは子どもにすごくやさしい。ベッドの中から面白い昔話をし、歌を教える。そして頭を撫《な》で、あなたはとてもいい子とささやくのだ。今やウェイドは、メラニーのことを崇拝していた。何かといえば寝室に駆け込む。

私はもともと子どもなんか好きでもなかったし、ウェイドに構ってやっていたわけじゃない。だけどウェイドがメラニーに甘えているのを見ると、なぜか嫉妬して腹が立った。

ある日のこと、ついに私は爆発した。

「お前って子は、病気で寝ている叔母ちゃまのベッドで、どすんどすんして遊ぶなんて、いったいどういうつもりなの。さあ、庭に行って遊んでらっしゃい。もう二度とベッドの上で遊んではいけませんよ」

「スカーレット、いいのよ、いいの。私なら少しも構わないわ。体がよくなるまで、そのくらいのことしか出来ないんだもの。お願いよ、ウェイドのめんどうをみさせて」

「馬鹿なこと言わないでよ」

目に涙をためているメラニーに私は怒鳴った。ついでに嫌味も。

「本当ならもっと早くよくならなきゃいけない人のベッドで、どすんどすん遊んでるのよ。いいはずないじゃないの。いい？　ウェイド、同じようなことをしたら、ただじゃおかないからね」

ウェイドは泣きながら走っていき、ドアの外にいたマミイは、大きなわざとらしいため息をついた。

みんなが私のことを暴君だと思っている。だけど他にどうすればいいのよ？

お母さまはいつも言っていた。

「淑女はいつも優雅に女らしく、決して大きな声を出してはいけません。それから目下の者たち、特に黒人に対しては、やさしく毅然《きぜん》と接するのですよ」

でもそんなことをしていたら、うちの者が餓死してしまう。だから私は厳しくしなきゃいけないの。

それからあんまり大きな声じゃ言えないけど、怒鳴ったり、命令したりするのは、私の唯一のうさ晴らし。

「スカーレットさまは、すっかり変わられた」

ってマミイは言うけど、これが本当の私なのかもしれない。

私は今、みんなにつらくあたっているかもしれないけど、私だってつらい。毎日、何マイルも歩いていろんなところの菜園から食べるものを探し、牛の乳しぼりだってしてる。このスカーレットがよ！

それにひきかえ、メラニーはベッドに寝ているだけじゃない。一日も早く畑仕事を手伝ってもらいたいのに。寝たままで、やさしい言葉を口にするだけなら、私だって出来るわ。

それから妹たちのだらしないことといったら！

スエレンも、下の妹のキャリーンも、この頃やっと起き上がれるようになった。妹たちは腸チフスで生死の境をさまよっている間に、世間がまるで変わってしまったことが理解出来ていない。お母さまが亡くなり、百人の奴隷も逃げていった。このうちには食べるものが何もないっていうことに。

だから私の命令に、キャリーンはぽかんとした顔をする。

「お姉さまったら、私に薪割りなんて出来るはずがないじゃないの。手が荒れちゃうわ」

「私の手を見てごらんなさい。あなたもこうなるまでやるのよ」

ふんと笑って、まめだらけの硬くなった手を見せた。

「私たちにこんなことを言うなんてひどいわ」

スエレンの目が吊り上がった。

「私たちに意地悪して。ああ、お母さまがいらしたら言いつけるのに。お母さまがいたら、絶対に許さなかったわ。私たちに薪割りをさせるなんて」

こういう妹たちを見て、私はかなりサディスティックな気持ちになったのかも。

のほほんと、まるっきり苦労知らずに生きてきた妹たちを、もっとつらい目にあわせてやりたい。病気がすっかり回復したら、私と同じ仕事をさせてやる。薪割りに乳しぼり、シーツ洗い。そう、かつては妹たちも私も、奴隷の仕事と信じて疑わなかったことをね。

それからこんなことも言いたい。

「お母さまの教えなんて、何の役にも立たなかったのよ。善良だとか、やさしいなんて、こんな世の中で、何の価値もないのよ。それより乳しぼりのやり方でも教えてくれた方が、どれだけ助かったか」

お母さまを否定する日が来るなんて。なんてひどい娘。でも同じ苦しみを妹たちにも味わわせてやりたい。

もうすっかりこの世は変わってしまったことを、とことん骨身にこたえさせたい……。

私は自分でもすごく嫌な人間になっていくのがわかった。心がささくれ立ってどうしようもない。人をとことん追いつめていって、それが楽しいなんて、お母さまが見ていたら何て言うだろう。

だけど仕方ない。お母さまはマナーにかなった上品な食べ方は教えてくれたけれど、食べ物をどう手に入れるかは教えてくれなかったんだもの。私はまるで動物のように猛々《たけだけ》しくなって、どこかに蕪《かぶ》の一本も落ちていないだろうかと目を光らせている。

でも畑から戻る時、私は深呼吸する。故郷があるという喜びに胸が震える。タラの白い屋敷の後ろには、緑の草原が広がっている。農場は赤い大地。血の色のような土だけれども、それがどんなに豊饒《ほうじょう》でやさしいものか私は知っている。奇跡のように緑の葉を茂らせ、白い綿花を咲かせるんだ。そして赤い色は、その都度、ガーネット色や煉瓦《れんが》色に変わる。

世界中探しても、こんな美しく素晴らしいところはないだろう。

あのアトランタから逃げ帰った日から、私はお父さまの言葉が理解出来るようになった。そう、結婚する前、まだ何も考えていなかったお馬鹿さんの私に、お父さまはこう言ったんだ。

「土地こそ、世の中で唯一、戦う価値のあるものなんだ。なぜって、土地だけは永遠に続くものだからな」

あの時私は、何もわかってはいなかった。だけど今は何の疑いもなく、そうだ、って言うわ。本当にそう思うわ。

この赤い大地は私そのもの。私たち一族の生きてきた証《あかし》。私はどこにも行きはしない。このタラを守り抜いてみせる。私は誓うわ。あの二十日《はつか》大根を吐いてから、私は誓ってばっかりだ。

だけど誓いって、自分を奮い立たせること。そうでもしなきゃ、私はこの過酷さに耐えられそうもなかった。


静かに繭《まゆ》の中に閉じこもり、ひもじさと闘っているような生活も変化を迎えようとしていた。

私の足に出来た一番大きなまめが化膿《かのう》してふくれ上がってしまった。靴を履くことも出来ず、かかとを引きずって歩くしかなかった。

真赤に腫《は》れ上がった足の指を見ると、不安でたまらなくなってくる。もしこれが兵士の傷のように壊死《えし》してしまったらどうしたらいいの。診てもらえる医者もいない。これで命を奪われたら……まさかね。まだ私は死にたくなんかない。十九歳でい壊疽《えそ》で死んだら、私が可哀想過ぎるわ。それにもし私がいなくなったら、誰がタラを守るんだろう。

お父さまはもう完全に正気をなくしていた。昼間から夢みているようにぼんやりしている。何を聞いても、

「お前の好きなようにしなさい」

このあいだは、

「母さんに相談すればいいじゃないか」

と真顔で言うから、ぞっとしてしまった。

その朝もタラはしんと静まり返っていた。

みんなが揃《そろ》って、沼地に豚をつかまえに行ったからだ。北軍が来た時、とっさに放した豚だ。うまくいけば、今夜はソテーした豚肉が食べられるだろう。

お父さまでさえ張りきって、ポークの腕に片手をあずけてずんずん歩いている。

うちに残っているのは、病人と赤ん坊と子どもだけ。

スエレンとキャリーンは、泣き疲れて眠っている。お母さまのことを思い出しては泣き、元気になったら私にこき使われることがわかって泣いているんだ。現実と

いうことがまるっきりわかっていない二人。

お気楽なのはメラニーで、つぎはぎだらけのシーツにくるまれ、二人の赤ん坊の間に横たわっていた。右手には、ふわふわした亜麻色の髪の赤ん坊と、左手には黒いディルシーの赤ん坊を抱いてとても満ち足りた表情。ベッドの足元にはウェイドが座って、じっとおとぎ話を聞いている。

こんな聖母子像には、いつもうんざりだけど、とりあえず赤ん坊がギャーギャー泣かないのはいいかもね。

私は二階の寝室を開けはなして、窓辺に座った。スカートを膝までたくし上げる。ものすごくお行儀が悪いけど仕方ない。足が本当に痛いんだもの。時々バケツの中に足を入れて冷やす。そのたびに刺すように痛くて、キャッと顔をしかめた。

こんな時に足が化膿するなんて。あののろまな連中にまかせておいて、本当に豚はつかまるんだろうか。私がいたならば、ずんずん歩いていって、あっという間につかまえてみせるのに……。

でももし、豚をつかまえてきても、どうしたらいいんだろう。食べてしまえば、後に育つ仔豚《こぶた》はいない。生きていかなきゃいけないし、毎日食べているので、食料は底をついてくる。私が隣りの菜園からとってきたクズ野菜さえ底をついてしまうだろう。

干しえんどう豆、小麦粉、米を何とか手に入れなくては。それに、来年も生き抜くためには、春に蒔《ま》くトウモロコシと、綿花の種だって必要だ。それをいったいどこで手に入れて、どうやって支払えばいいんだろう。

このあいだ、お父さまの上着のポケットと倉庫の中身を調べさせてもらった。南部連合国の国債の束があったけど、こんなものもう何の価値もない。現金が三千ドル。これも南部連合紙幣。みんなで一回ご飯を食べられるかどうか。

私の考えはどんどん悪い方に行く。

もしお金があったとしても、食べ物が買えたとしても、どうやって町まで行けばいいの？

ああ、神さまはどうしてあのおいぼれ馬を死なせたんだろう。レットが盗んできた、あのみすぼらしい老馬。あんなのだって、いるのといないのとじゃ大違いだった。

今さら思い出したってどうしようもないけど、うちの牧場で元気に跳ねまわっていた馬たち。つやつやした毛並みの美しい馬たちが、一頭でも残っていてくれたら！　私専用の小さな牝馬《めすうま》でも、妹たちのポニーでも、お父さま自慢の大きな種馬でもよかった。アホでのろまなロバでも、いたらどんなにマシだったか。

でも、いいわ。もうなくしてしまったものを、くよくよ考えたってどうしようもない。足が治ったら、歩いてジョーンズボロまで行ってこよう。たとえ北軍が町を焼き尽くしていたとしても、少しぐらいは食べ物が手に入るはず。

ウェイドの顔が唐突に浮かぶ。甘ったれでどうしようもない息子だけど、やつれていつも泣いている。サツマイモは嫌いだよー、鳥や豚の肉汁かけご飯がいいと泣いている。ああ、いらいらする。お腹を空かせて泣いている子どもの顔ほど、私をいらつかせるものはなかった。私を責めているみたい。いや、本当に責めているんだろう。本当になんとかしなきゃ……。泣くまいと思って歯をぐっと食いしばった。泣いたって、誰も助けてはくれないんだもの。このタラの屋敷は、誰からも見捨てられてひっそりとしている。

その時、私は早足でやってくる馬のひづめを聞いた。まさかね？　私の空耳よね。しょっちゅうお母さまの衣《きぬ》ずれの音を聞くのと一緒よね。

いいえ、確かにこれはひづめの音。いつのまにかスピードを落としている。タールトン兄弟の誰か？　戦死したというのは誤報で、私に会いに来てくれたんだわ。顔を上げてよく見ようとした。恐怖で心臓が止まりそう。そこにいたのは、北軍の騎兵だった。

私はとっさにカーテンのかげに隠れた。見つからないようにして男を眺める。ずんぐりとしたむさくるしい男だった。伸び放題の黒い顎髭《あごひげ》を、だらしなくボタンをはずした軍服の上にだらりと垂らしていた。

青い軍帽のひさしの下から、しばらく屋敷を見渡している。そしてゆっくりと馬から降り、つなぎ柱に手綱《たづな》をかけた。その時、私に呼吸が戻り、どくどくと心臓が音をたて始めた。

北軍だ！　北軍がやってきた！　いちばん怖れていたことが起こった。病気の女たちと赤ん坊しかいないこの屋敷に。

北軍。この世でいちばん残酷でおぞましいやつら。前にピティ叔母さんが、声を潜めて話してくれたことがある。

北軍はまず女を襲う。そして自分の欲望を満足させると、喉を切り裂き屋敷に火を放つ。泣き叫ぶ子どもにも容赦はしない。銃剣で平気で突き刺していく……。

逃げなきゃ。隠れなきゃ。早くベッドの下にもぐるか、クローゼットに入るかだ。それか裏階段を降り、悲鳴をあげながら沼地に逃げるかだわ。

だけどそうするうちにも、男はこちらに近づいてくる。男が足音を忍ばせて玄関ホールに入ってくるのがわかった。これではもう逃げ道がない。

怖ろしさのあまり体が凍りついている。動くことが出来ない。男が部屋から部屋へと移動していくのがわかる。足音はどんどん大胆に大きくなっていく。男はついにダイニングルームに入った。もうじき台所に入るんだわ。

台所！　そのとたん、恐怖が怒りに変わった。だってかまどには、二つの鍋が並んでいる。大切な大切な食べ物。一つの鍋にはリンゴが煮てあって、もう一つの鍋には、クズ野菜を煮込んだものが。クズ野菜っていっても、私がオークス屋敷や、マッキントッシュ家の菜園から見つけてきた大事なもの。二人分に満たないものを、いつも九人で分け合って食べている。

私はお腹がぺこぺこで、ついつまみ食いをしたくなるけれども、みんなが沼地から帰ってくるのをじっと待っている。この大切な大切な食べ物を、この北軍の男は食べようっていうの？

一度は大勢で襲ってきて、わが家の食料を、豚や鶏の類《たぐい》まですべて奪い去った。その後また戻ってきて、ほんの少し、生きるためにやっと集めたわずかなものまで盗むなんて。猛烈な怒りとひもじさはごっちゃになって、私は気がへんになりそう。

私が知らない時にやってきた北軍はともかく、この北軍は許さない。絶対に。

裸足《はだし》になってすばやくチェストに走った。いちばん上の引き出しを開ける。そこには拳銃があった。死んだチャールズが肌身離さず持ち歩きながら、一度も使うことがなかった最新の銃。私は弾の込め方を知っていた。なぜって、少し前、北軍に襲われた時のために、メラニーと一緒に習ったんだ。

弾は軍刀の、革の箱の中にしまってある。私は震えることなくそれを銃に込めた。さっと二階の廊下に飛び出し、銃をスカートの襞《ひだ》の中に隠した。そして手すりで体を支えながら階段を降りた。

「誰だ？」

男の声が、こんなに近くに聞こえる。階段の途中で足を止めた。耳の奥で血がごうごうと鳴っている。

「動くな。さもないと撃つぞ」

そして私は男の姿をはっきりと見た。男はダイニングルームの戸口で片手に拳銃を構え、右手に〝戦利品〟をつかんでいた。金の指ぬきがキラリと光った。小さな紫檀《したん》の裁縫箱も見える。お母さまが毎日使っていらした裁縫箱。

「その箱にさわらないで。その汚らしい手でさわるな」

私は怒鳴ろうとしたけど、喉が凍りついて声が出てこない。だけど怯《おび》えていたわけじゃない。銃はずっと握ったままだ。

男は私を見て目を丸くした。殺気立った男の顔が急に柔和なものに変わった。警戒心が一気に解け、はっきりとこちらをなめている笑みに変わった。

「なるほど、住民がいたわけだ」

男はニヤニヤしながら銃をホルスターにおさめた。そして近づいてくる。

「お嬢ちゃん、一人かな。いやあ、驚いたな。こんな美人がまだ残っていたとはな」

私は男に拳銃をつき出し、銃口を向けた。引き金を引いた。全くためらいなく。

銃声が耳をつんざき、衝撃で体がよろめいた。

男はばたりとあおむけに倒れた。勢いで家具が揺れるほど強く。男の手から裁縫箱がころげ落ち中身が散らばった。

私は階段を駆けおり、男のかたわらに立った。鼻があった場所に、血まみれの穴が開いていた。ガラス玉のような目は火薬でこげていた。顔から一筋、頭から一筋、血がじわじわと出てきて、やがて大量に流れ出した。

男は死んでいた。そう、死んでるわ！　病院や逃げる途中で、イヤ、というぐらい死体を見てきたけど、この死体は違う。私が殺した死体。そう、私は人殺しをしたんだ。

まさかね。でも本当。私は今、北軍兵《ヤンキー》を殺したんだ。だけどこの充実感は何なの？　まるっきり後悔もしていないし、怯えてもいない。それどころか、体中に活気がわき上がる。私はお母さまとタラの仕返しをしたのよ。私はやった。

そして私は二階から歩いてくるひそやかな音に気づいた。メラニーが立ち止まり、また歩くを繰り返しながら階段を降りてくる。ネグリジェ代わりの、着古したボロボロのシュミーズ姿で。

私は見た。メラニーの手にしっかりとチャールズの軍刀が握られているのを。

メラニーの見開かれた目は、まず男をとらえ、さらに大きくなった。そして銃を持つ私を見る。その目に歓喜と賞賛が溢れていた。

ああ、そうよ。私は思った。メラニーも私と一緒。私と同じことをしようとしたんだわ。

「スカーレット、スカーレット、どうしたの？」

妹たちの力のない声と、

「叔母ちゃま、叔母ちゃま」

ウェイドの叫び声がした。メラニーはさっと自分の唇に指をあてた。しっ、黙って、という合図だ。

「大丈夫よ。なんて弱虫なの、あなたたち」

メラニーは声をはずませる。

「スカーレットが、今、チャールズの拳銃のさびを拭《ぬぐ》おうとして暴発させてしまったんですって。脅かして悪かったわ。でもウェイド、あなたのママがパパの銃を撃ったの。大きくなったら、あなたにも撃たせてくれるって！」

メラニーの機転に私はすっかり感心してしまった。さっきまでベッドに弱々しく横たわっていたのに。それどころか、私に近づいてきてささやく。

「スカーレット、どこかに運び出して埋めないと。仲間がいるかもしれないわよ」

「二階の窓から見た時は他に誰もいなかったわ。たぶん脱走兵よ」

「でも誰にも知られない方がいい。召使いたちがどこかで話すかもしれないし、そうなったら北軍があなたをつかまえに来るかもしれないわ。皆が沼地から帰る前に早くしなきゃ」

「庭の隅の葡萄棚《ぶどうだな》の下に埋めるわ。あそこなら、ポークがウイスキーの樽《たる》を掘り起こしたばっかりで土がやわらかいもの」

「そうね、じゃあ、二人で一本ずつ足を持って引きずっていきましょう」

さっきからメラニーには驚かされっぱなしだ。全然驚いてもいないし、怖がってもいない。毅然として次にやるべきことを口にする。私はメラニーに感心したのが口惜《くや》しくって、ついぶっきらぼうになる。

「その体じゃ、猫一匹運ぶのも無理よ。あなたはベッドに戻って。そうしなきゃ死ぬわよ。それでも手伝うっていうなら、私があなたを二階まで担いでいくわ」

メラニーの青白い顔がほころんだ。彼女の笑顔を見たのなんて何年ぶりだろう。

「スカーレット！　あなたはなんてやさしいの」

私の頬《ほお》にさっとキスをした。あっけにとられている私に、メラニーはこう言う。

「あなたが運んでくれている間に、私はこの床の血を全部拭《ふ》いておくわ。ねえ、この男の背嚢《はいのう》を調べるのはいけないことかしら？　何か食べ物を持っているかもしれないわ」

本当にそうだ。どうしてそのことに気づかなかったんだろう。

「そうね、私はポケットを見るわ」

やっと吐き気を感じ始めた。だけどメラニーの手前、私は身をかがめて、手早く軍服の残りのボタンをはずした。機械的にポケットの中をまさぐる。ぶ厚い財布が出てきた。

「信じられないわ。メラニー、これ全部お金よ。ほら、見て」

しかもすべて北部連邦政府発行の紙幣だった。これで食べ物が買える。お腹いっぱい食べられる。

メラニーは背嚢からコーヒーの小さな包み、軍用の堅《かた》パンを取り出した。続いて出てきたのは、小粒の真珠をあしらった金の額ぶち、ガーネットのブローチ、ダイヤの指輪などだ。

「スカーレット、やっぱり泥棒だったのね」

「あたり前じゃないの。この男は盗みにうちにやってきたんだもの」

「よかった。あなたが殺してくれて」

信じられる？　メラニーは微笑《ほほえ》みながらこう言ったんだ。私たち二人は死体を前に、なぜか手を握り合った。メラニーとこんな風に結ばれるのはしゃくだけど、本当に私たちは心がひとつになったんだ。

27

不思議だ。

私は人を殺したことを少しも後悔していない。恐怖を感じることもなければ、良心が咎《とが》めることもなかった。

死体はさっさと葡萄棚《ぶどうだな》の下に埋め、その上に蔓《つる》を這《は》わせた柱を包丁で切ってばらまいた。

それでおしまい。幽霊なんて、私は少しも信じていないんだもの。だから夜だってぐっすり眠った。血だらけになった男の顔を思い出して、うなされる、なんてこともなかった。

これが一ヶ月前だったら、決して出来なかったと思う。ためらいなく北軍兵《ヤンキー》を殺すなんてことは。だけどアトランタ脱出の時に、私は地獄を見ている。あれを経験したからこそ、人殺しだって平気で出来たんだ。

私は前向きに考えることにした。北軍兵を殺したせいで、私は元気な馬を手に入れることが出来た。この馬を使えば、近所の人たちがどうしているのか知ることが出来るはず。

この郡に残っているのは、私たちだけなんだろうか。あとの人たちはどうしているの？　みんなメイコンに避難してしまったの？

オークス屋敷とマッキントッシュ屋敷が焼かれて廃墟のようになっていたのを、私はこの目で見た。クズ白人のスラッタリー家の掘立小屋《ほつたて》でさえ、焼きはらわれていた。だから他のうちだって同じような目にあっているかもしれない。それを知るのはとても怖かった。だけどやっぱり本当のことを知りたい。

本心を言うと、私はとても孤独を感じ始めていたんだ。この世の中には私の家族だけしかいないんじゃないかっていう不安。よその人に誰も会わないっていうのはとてもつらい。あたりは静か過ぎて、生きて音を出しているのは鳥ぐらいだ。しかも私はうちの中の誰からも怖れられ、嫌われていた。暴君にならなくては皆を食べさせていけない、っていうことに誰も気づいてくれない。

とにかく私はとてもさみしかったんだ。

だから私は靴を履けるぐらいに足が回復した日、フォンテイン家をめざした。フォンテイン家は代々医者をしている。わが家のかかりつけの老先生は、軍に入って前にお父さまに聞いたけれど、もう帰っているかもしれない。メラニーを診てもらわなきゃ。メラニーは日ごとに青白く弱っているようで、私はとても心配しているのだ。

私は北軍兵が残していった馬にまたがった。思いのほかうまく操《あやつ》れ、私は何年ぶりかに野原を走った。馬に乗るのって、なんて気持ちがいいんだろう。風を感じるので、陽《ひ》ざしも気にならない。

フォンテイン家をめざして走る。ずっとこう言い聞かせながら。

「スカーレット、屋敷が焼け落ちていても、決して落胆しないこと。もし何もなくても、クズ野菜ぐらいはまわりにあるはずだから。それをとってくればいいのよ」

だけど信じられる？　ミモザの木々の真中に、ちゃんとフォンテイン家はあったの！　崩れたりもしていない。色あせた黄色い漆喰《しっくい》の屋敷はそのまんま。

そしてフォンテイン家の皆に、キスと歓声で迎えられた時、私は嬉しくて嬉しくて涙がこぼれそうになった。

フォンテイン家の皆っていっても、女性が三人と、おむつがとれたばかりの坊やが一人。

フォンテイン夫人はもう七十代、夫の老先生は、お父さまの言うとおり、騎兵隊に入ってまだ戻ってこないんですって。

「本当に愚かな年寄りですよ。いくら若いつもりでももう七十三で、豚がノミにやられるように体中がリウマチにやられているんですよ」

夫人は皮肉たっぷりに唇をゆがめたけど、目は誇りで輝いていた。典型的な南部のレディだ。平和な時、私はこの夫人がおっかなくて大嫌いだったけど、こうしてみるとなんて強くて立派な女性かと思う。だから他の二人のお嫁さんも、逃げることなく、弱音を口にせず従ってるんだわ。

お嫁さんといっても、息子さんの奥さんは五十代。やっぱりお医者さんだった息子は、戦地で病死している。それどころかお孫さんも戦死。そのお嫁さんがサリーでまだ二十歳。坊やはサリーの子どもっていうわけ。他の二人の孫も出征したきり行方がわからず、つまりこの家は、血のつながらない三世代の女が暮らしているんだ。

この屋敷もタラと同じように、静寂に包まれていた。なぜって四人の内働きの女以外、奴隷たちはみんな逃げ出していたから。

「あなたたちがタラに残っていたのを知らずにいたなんて！　私としたことが、どうして訪ねていかなかったのかしら。タラも焼きはらわれて、みんなメイコンに逃げたと思っていたのよ。まさかあなたが戻っているなんて、夢にも思わなかったわ」

息子のお嫁さんが興奮して喋《しゃべ》るのを、夫人が遮る。

「なにしろ、オハラ家の奴隷が目玉をひんむいて、タラが焼かれるって叫んでここに逃げてきたんですからね」

「うちの奴隷がですか」

「それにあの晩、タラの方から炎があがって、何時間も空が赤く染まっていたわ。おかげでうちの愚かな奴隷たちがみんな怯《おび》えて逃げ出したぐらいよ。屋敷じゃなかったら、あれは何を焼かれていたの？　スカーレット」

「綿花を全部。十五万ドル分です」

口惜《くや》しくって唇を噛《か》んだ。

「屋敷を焼かれなかっただけ感謝なさい」

夫人は顎《あご》を杖《つえ》にのせ、おごそかに言った。

「綿花はまたいつでも育てられるけれど、家はそういきませんからね。ところで、綿花はもう摘み始めたの？」

「いいえ」

私は首を横に振る。

「ほとんど荒らされてしまっているんですよ。どのみち野働きの奴隷もいないし、摘む者がいません」

「摘む者がいません、ですって！」

夫人が大声をあげた。

「スカーレット、あなたのその可愛いお手々はどうなってるの？　妹たちの手は？」

冗談でしょ、と私はむっとした。

「まさか、私に綿花を摘めとおっしゃっているわけじゃありませんよね。野働きの奴隷みたいに？　クズ白人のスラッタリー家の女たちと同じことをしろとおっしゃるの？」

「クズ白人ですって⁉　これだから、今どきの娘は甘やかされたお嬢ちゃんだというんですよ。いいこと、スカーレット。私が若い頃、父親が全財産を失ったの。だから奴隷が買えるまで、私は野働きだって何だってしました。鍬《くわ》で畑を耕したし、綿花も摘んだ。今だって必要があれば同じことをするわ。現にもうそれをしなきゃいけない時が来ている。それなのに、よくもまあ。あんたは、クズ白人だなんて言えたもんだわね」

「まあ、まあ、お義母《かあ》さま」

息子のお嫁さんが、あわててとりなした。

「それは遠い昔の話でしょう。今とは違いますよ。時代は変わったんですよ」

「変わるもんですか。そこになすべき仕事がある限り変わりはしません」

夫人はまっすぐにこちらを見た。

「今の言葉を、あなたのお母さまがお聞きになったら、さぞかし恥ずかしいと思われるでしょうね。汗水たらして働いたらクズ白人になる、っていう言葉をね」

夫人はお母さまが死んだことを知らない。やかまし屋の夫人だけど、お母さまのことだけは認めていた。この郡でエレンだけは合格だと言っていた。今、ここで話すべきじゃないわ。みんな驚いて泣き出してしまうに違いない。

私はあわてて話題を変えた。

「夫人、タールトン家やカルヴァート家の人たちはどうしたんですか？　やっぱり家を焼かれてメイコンへ行ったんですか？」

「タールトン家はうちと同じで、北軍に見つからずに済んだのよ。街道から離れているから。でもカルヴァート家は、家畜も鶏も盗まれてしまったのよ。奴隷たちも解放だって言われて、北軍《ヤンキー》と一緒に行ってしまったの」

サリーの説明に、夫人がふんと鼻を鳴らした。

「奴隷の女たちは、どうせ絹のドレスと金のイヤリングをやるとでも言われたんでしょう。北軍のやりそうなことでしょう。キャスリン・カルヴァートの話じゃ、騎兵の何人かは黒人女を鞍《くら》のうしろに乗せていったとか。連中から与えてもらえるのは、せいぜいが混血の赤ん坊だけだっていうのにね。しかも北部人《ヤンキー》が父親なら、かけ合わせたって価値は知れてるわ」

「お義母さま、やめてくださいよ」

息子のお嫁さんが必死で止める。戦争前だったら、こんな話題、何人かの女が卒倒したり、卒倒するふりをしたはず。

「いいのよ、ここに嫁入り前の娘がいるわけじゃなし、それに混血児なんて、今に始まった話じゃないでしょう」

「あの、どうしてカルヴァート家は、焼かれずに済んだんですか」

私はあわてて質問した。

「あそこの二番めの女房と、北部出身の奴隷監督が頼み込んだからに決まってるじゃないの」

カルヴァート夫人が、後妻になってからもう二十年になるのに、夫人の中ではいつまでも二番めの女房なんだ。カルヴァート夫人は、いつもこのあたりの人たちからは浮いていた。北部出身で子どもの家庭教師をしていた時に見初《みそ》められ、金持ちの後妻になったのが、夫人には気に入らない。

「『わたくしたちは、北部連邦政府の忠実な支持者です』って言ったらしいわ」

夫人は北部訛《なま》りを真似て、細くかん高い声を出した。

「キャスリンに聞いた話では……」

キャスリンというのは、カルヴァート家の先妻の娘だ。

「カルヴァート家の人間は、全員北部出身だと触れまわったそうよ。夫人の夫はウィルダネスで戦死したっていうのに。息子たちも、それぞれ戦ってるわ。あんな屈辱を味わうぐらいなら、屋敷を焼かれた方がずっとましだってキャスリンは言ってましたよ。ああ、北部人なんかを妻に迎えるからこんなことになるのよ。プライドっていうものがまるでないんだからね」

だけど私は、カルヴァート夫人の気持ちがわかるような気がした。屋敷を守るためだったら私も同じことをしたわ、この私は、もう人殺しだってしてるし……。

「ところでスカーレット、タラは、どうして焼かれずに済んだの」

突然の質問に、本当に焦った。

「さっさとおっしゃい、スカーレット」

でもやっぱり本当のことは言えない。

「それが……、私が帰ってきたのは、撤退の翌日で、北軍はもういなくなっていました。父が言うには、妹たちが重い腸チフスで、どこにも逃げられない状態で、それで家を焼かないよう頼んだって」

「まあ、北軍にそんな良識があったなんて初めて知ったわ」

　夫人がぴしゃりと言う。

「それで、スエレンとキャリーンの具合はどうなの？」

「ええ、あの、もう大丈夫です。だいぶよくなってますので。ただ、ひどくやつれていて……」

　夫人の目はすごく鋭くて、私はもうこれ以上答えをごまかせそうになかった。

「エレンはどうしているの？」と聞かれたら、本当のことを言ってしまいそう。だからとっさに、最後にしようと考えていたお願いごとをした。

「あの、なにか、食べ物を分けていただくことは出来ないでしょうか。まるでイナゴの襲来みたいに、北軍に何もかも持っていかれたんです。でも、こちらも厳しい状況でしたら、はっきりおっしゃってください……」

「ポークを荷馬車で寄こしなさい。私たちの持っているものを二等分しましょう。米と挽《ひ》いたトウモロコシ、ハム、それに鶏肉もいくらかあるわ」

「まあ、いくらなんでも、そんなにいただくわけには」

「いいからお黙りなさい。何のための隣人ですか」

「本当にありがとうございます。こんなにご親切にしていただいて、どうしたらいいか……」

それから私は、とってつけたように、

「でも、もう帰らないと。うちの者が心配しますから」

と、頭を下げた。これ以上、夫人の視線に耐えられそうもなかったからだ。

その時、夫人がいきなり立ち上がって私の腕をつかんだ。それから二人のお嫁さんに命じた。

「あなたたちはここに残っていなさい」

それから私の方に向かって、

「私はあなたと話があるのよ。階段を降りるのを手伝ってくれるわね、スカーレット」

私は夫人に従って、裏のポーチに向かった。

「さあ、本当のことをおっしゃい」

夫人が私の顔をのぞき込んだ。

「いったいタラで何があったの？　何を隠しているの？」

厳しいけれどやさしさがにじんでいた。私はこの人なら、本当のことを打ち明けてもいいと思った。

「母が死にました」

しばらく沈黙があった。

「北軍に殺されたの？」

「いいえ、腸チフスで。私が帰る前の日です」

夫人の喉がごくりと鳴った。

「それでお父さまはどうしているの？」

「父は……もう昔の父じゃないんです」

「それはどういうこと？　はっきり言いなさい。病気なの？」

「母が死んだショックで……様子がおかしくなって……」

「もうわかったわ。気が触れたってことね」

ずばり言われてほっとした。夫人はなんて思いやりがある人なの。私が泣かないように、わざと同情の言葉をかけない。昔のアホ娘の頃だったら、私はこういうことに気づかなかったと思う。

「父は母が死んだことさえわかっていないんです。ああ、おばさま、あんな父を見るのは耐えられません。何時間も母を待っているんです。そうかと思うと、突然飛び上がって墓地に行くんです。そして私に何度も、『スカーレット、妻が死んでしまった。お前のお母さんが死んでしまった』って言うんですよ。ああ、フォンテイン先生がいてくださったら。お父さまを診てもらえたのに。それにメラニーにもお医者さまがいるんです。赤ちゃんを産んでから、どんどん痩《や》せるばかりなんです」

「メラニーですって？」

夫人は本当に驚いたように私を見つめた。

「メラニー……、赤ちゃん？　彼女も一緒なの？」

「はい」

信じられないわと、夫人は首を横に振った。

「どうしてあの子が、あなたと一緒にいるの？　どうして自分の叔母さんや親戚と一緒にメイコンに逃げなかったの？　いくら夫の妹だからって、あなたはメラニーのことを好きじゃなかったでしょう。さあ、すべて話して頂戴《ちょうだい》」

私がメラニーを嫌っていたことまでお見通しなんだ。全部話さなきゃ。

「でも長くなると思うんです。こんな風に立ち話をして大丈夫ですか」

「私なら平気よ。うちの嫁たちの前で話してごらんなさい。きっとめそめそ泣いて、あなたをつらい気持ちにさせてしまうわ。いいから、ここで話しなさい」

私は語り始めた。あのうだるように暑いアトランタの午後。赤ん坊をたった一人で取り上げたこと。もう戦火はそこまで迫っていた。よぼよぼの馬で脱出を図ったものの、火薬庫が爆発して、火の中を走った。途中のレットの裏切り。不安と空腹の中で見つめた朝陽《あさひ》。道に転がる人間や馬の死骸《しがい》……。

「でもタラに帰りさえすれば、あとは母が何とかしてくれる。重荷をみんな下ろせる。すべてをまかせればいい、と思ったんです。それがタラに着いたとたん……、本当の最悪ってこういうことだとわかりました」

沈黙があった。私は夫人が慰めてくれるか、抱き締めてくれると思っていた。だけどそのどちらでもなかった。すごく長い長い沈黙……。そして夫人は話し始めた。ものすごくやさしい口調。夫人が孫に対してだって、そんなやさしく語るのを聞いたことはない。

「スカーレット、女がその身に起こる最悪を知るのは、とても不幸なことよ。最悪なことと向き合ったら最後、もう二度と本気で怖れることは出来なくなるから。そして女が怖れを失う、っていうのはとても不幸なことなの」

むずかしい言い方だったけど、私にはわかった。そう、私は何も怖れなくなっているのだから。平気で男を撃ち殺したんだから。

「私になんか何もわからないと思っているでしょう。田舎で暮らしている婆さんなんか、何も知りはしないと思っているはずよ。でも私は、怖れを失うということがわかるの。私はね、あなたの年の頃、クリーク族の反乱を経験したの」

反乱の話なら聞いたことがある。先住民のインディアンたちが、大変な反乱を起こしたんだ。彼らにはイギリス軍がついていたから、戦いは長引いたって。でもずっと昔の話。

私の心がわかったわけじゃないのに、

「そう、ずうーっと昔のことよ。もう五十年前のこと」

夫人は続けた。

「私は今のあなたと同じぐらいの年よ。藪《やぶ》の中に逃げ込んだ私は、そこで身を潜めて一部始終を見ていたの。自分の家が焼かれ、兄や姉たちがインディアンに頭の皮を剝《は》がされるのを見ていたわ。家を焼く炎で、どうか見つかりませんようにって祈りながら。そして母が引きずられてきたの。私が隠れていた藪から、ほんの二十フィート（六メートル）先で殺され、頭の皮を剝がされた。インディアンの一人が、母の頭蓋骨《ずがいこつ》めがけて、まさかりをふりおろした。それをすべて、お母さん子の私は見ていたのよ」

そこでひと息ついた。

「翌朝、近くの集落をめざして私は歩いた。三十マイル（四十八キロメートル）の道のりを、三日三晩かけて歩いたのよ。インディアンたちの目をかいくぐってね。助かってからも、私は皆から気が触れた娘と思われていたわ。そんな時に夫のフォンテインと出会ったの。彼が私のめんどうをみて正気に戻してくれたのよ。その時から、私は誰も、何も怖れなくなった。私の人生に起こりうる最悪のことを知ってしまったから。何も怖れないことが、どれほどの幸せを遠ざけてきたかわからないわ。私は怖い、冷たい女だと皆に思われてきたの。神さまはね、女を臆病で弱いものとしてつくられた。そうして生きる方がずっと幸せよ。怖れを知らない女は、とっても不自然で奇妙なの。スカーレット、怖ろしいと思えるものをとっておきなさい。心から愛せるものだけでなく」

途中から、心の中で私は、違う、違う、って叫んでいた。怖れを知らない女が不幸だなんて、どうしてそんなことが言えるの。五十年も前の女たちならそうかもしれないけど、今はそんなやわなことを言ったら生きていけない。臆病な女は幸せになれるからって、臆病のふりをしなきゃいけないってこと？　フォンティン夫人は、話のわかる人だと思ったけどそうじゃない。ずうーっと大昔の価値観を持ったまんまだ。自分の大きな不幸を、女の不幸とすり替えている。

でも私はもちろん反論したりしない。夫人は私のために昔のことを打ち明けてくれたってわかるから。やっぱりいい人だと思う。でもいい人だから、正しいことを言うとは限らない。

「さあ、帰りなさい、スカーレット。おうちの人たちが心配するわ。午後にでもポークを荷馬車で寄こしなさい。それから重荷を下ろせる日が来るなんて思わないことね。私にはわかるわ。そんな日は一生来ないのよ」

その年は十一月になるまで夏のような日があった。暖かな日々は、タラにとっても明るい日だった。

そう、ひもじい最悪の日は脱したのよ。今、私たちには元気な馬があった。這うようにして歩かなくても、どこにでも馬に乗って行くことが出来た。朝食には目玉焼きが出たし、サツマイモとピーナッツと干しリンゴだけの夕食に、焼いたハムが添えられることも。沼地の母豚もようやくつかまって仔豚《こぶた》を産んだ。今は母仔《おやこ》で鼻を鳴らしている。その鳴き声は、私たちをどんなに幸せな気持ちにしてくれることか。いずれ冬になったら、おいしい豚肉になってくれるんだもの。

北軍に襲われなかったフォンテイン家と、タールトン家の人たちは、自分たちの持つ食料を惜しみなく分けてくれた。一ペニーだって受け取らずに。

「スカーレット、隣人同士の助け合いは南部の伝統ですからね」

フォンテイン夫人は言った。来年タラ農園が収穫するようになったら、現物で返してくれればいいと。本当に有難かった。近所の人たちがちゃんと生きていて、話が出来るって、どれほど私の心を慰めてくれただろう。フォンテイン夫人は、時々けむったい時もあるけれど、いつも毅然《きぜん》としていて私たちを助けてくれる。

毎朝、目を覚ますたびに、私は青い空と暖かな陽ざしを神さまに感謝した。雨やくもり空じゃなくて本当によかった。綿花もすくすく育って、小屋に高く積み上げられた。私たちの大切な綿花！

最初のうちフォンテイン夫人から「甘ったれ」と叱《しか》られても、私は自分で綿花を摘む気はなかった。だって私はオハラ家のお嬢さまなのよ。綿を自分で摘むなんて、クズ白人のぼさぼさ髪のスラッタリー家の女たちと同じになること。冗談じゃないわ。

だから私とメラニー、妹たちは家の中で働き、奴隷たちを畑に出せばいいと考えていた。ところがどうだろう。みんなとんでもなく抵抗するのだ。ポークもマミイもプリシーも、野良仕事なんてとんでもないと言い出した。自分たちは屋敷勤めの人間で、野良仕事の奴隷とは違うということらしい。

びっくりしたのはマミイで、激しく反抗した。

「私はあなたのお母さまのご実家の、立派なお屋敷で生まれ、大奥さまの寝室で育ったんですよ。寝るのは大奥さまのベッドの足元でした」

野良に出る奴隷じゃない、っていう誇りが、マミイやポークを支えていたのはわかるけど今はそれどころじゃない。私は文句を無視してみんなを畑に送った。だけどポークとマミイは愚痴ばっかり言って、まるっきり仕事が進まない。結局マミイは台所に戻し、ポークは獣の罠《わな》や魚捕りに行かせることにした。猟師の真似ごとをするのはいいらしい。

次に妹二人とメラニーを畑に行かせたけどこれもうまくいかなかった。メラニーは暑い陽ざしの下、一生懸命働いたかと思うとすぐに意識を失い、そのまま一週間寝込んでしまった。

妹のスエレンは嫌がって仏頂面になり、そして自分も失神するふりをした。私は頭にきて、水を頭にぶっかけてやった。そうしたらスエレンは、目を吊り上げてきっぱりと拒絶した。

「私は奴隷じゃないのよ！　何を言われたって絶対に畑なんかで働かないわ。こんなことを友だちに知られたら、どうしてくれるの？　万一、ケネディさんに知られたら私は恥ずかしい」

ケネディっていうのは、スエレンの恋人の中年男。出征して生きているのか死んでいるのかよくわからないけど、スエレンはすっかり婚約者気取りだ。馬鹿馬鹿しいったらありゃしない。

「スカーレット、私が手伝うから。私がスエレンの分まで働くから」

末の妹のキャリーンは本当にいい子だ。スエレンとは大違い。十五歳の花のつぼみのような女の子。私はこの子がどんなに傷ついているか見て見ないふりをしている。初恋のブレント・タールトンが戦死し、お母さまが亡くなったからか、キャリーンは口数が少なくなり、ぼんやりするようになった。自分の世界が大きく変わったことに心がついていかないんだ。とてもナイーブなやさしい女の子。キャリーンはまだ体力が戻っていない。一時間も綿を運ぶだけでふらふらだ。だから畑に出なくてもいいわと私は言った。

そして結局、私は綿畑に立った。強いひりひりする陽ざしの下、一日中働いた。かがみ続けたせいで痛む腰を押さえ、ちくちくとしたサヤで手を傷だらけにした。私はスエレンの気力と体力と、キャリーンのやさしさを持った妹が欲しいと心から思った。

手伝ってくれるのはディルシーとプリシーだけ。でもあのプリシーが役立つはずはない。だらだらと仕事をし、やれ足が痛いの、疲れただの文句ばかり言い、しまいには母親に綿花の茎で叩《たた》かれた。

ディルシー！　ディルシーこそタラの宝だった。今までマミイだと思ってたけど違う。彼女は、まるで機械のように黙々と働き続けた。疲れを訴えない。体中が悲鳴をあげ、手も皮が赤く剝がれていた。

「ディルシー、今にまたいい時代が来ても、お前がしてくれたことを決して忘れないわ。本当によくやってくれているもの」

ディルシーはこういう時、白い歯を見せてニヤッと笑うことも、もじもじすることもない。ネイティブ・アメリカンの血を引く彼女は、ブロンズ色の肌をしてとても威厳があった。いつも静かな口調だ。

「スカーレットさま、ありがとうございます。ですが私は、旦那さまや奥さまに本当によくしていただきました。旦那さまは、私が悲しまないようにプリシーも一緒に買ってくださいました。私には先住民族の血が流れています。私たちは恩を忘れることのない民族です。プリシーのことは本当に申しわけありません。あの子は父親の気質を受け継いでいます。父親は全くいい加減な男ですから」

ポークは確かに使えない男だ。だから女主人の私が、毎日こうして畑に立つ。体はくたくただし、肌も髪もひどいことになっている。それでも綿花が少しずつ摘み取られ、小屋に移されるにつれて、私の心ははずんでいった。そう、綿花には何か人を元気づけ、落ち着かせるものがある。

この家は綿花によって富を築いてきた。南部全体が綿花によって栄えてきた。一日の終わり、疲れきって大地に沈む夕陽《ゆうひ》を見る時、私の中に満ち足りた喜びがわき上がる。この赤い大地さえあれば、タラも南部もきっともう一度立ち上がることが出来るはず。

もちろん、女三人で細々と摘んだ綿花は、タラの全盛期の何百分の一にもならないが、それでもちょっとしたものだった。南部連合紙幣が何枚かは手に入るはず。来年の春には軍に徴集されていた、ビッグ・サムや野働きの奴隷を返してもらおう。それが無理なら、北軍兵の財布にあった金で、フォンテイン家の奴隷を一人か二人買うつもりだ。

そう、来年の春。きっと戦争が終わり、いい時代が戻ってくる。南部が勝とうと負けようと、時代はきっとよくなるはず。

戦争さえ終わったら、奴隷を使ってまた畑を耕そう。ああ、戦争さえ終わったら、収穫の日を信じて綿花を育てていけるわ。

私は本当に久しぶりに「希望」というものを感じた。摘み取った綿花があり、馬があり、食料があって、少しだけどちゃんと貯えもある。そう、最悪の日々は脱したんだ。

その私の喜びは、十一月のはじめまで続いた。

28

誰かがわめきながら、駆けてくる音がする。速いひづめの音と、金切り声で私を呼ぶ声がする。

「スカーレット！　スカーレット！」

サリーの声だ。さっきジョーンズボロに行く途中、フォンテイン家に寄ってお喋《しゃべ》りしてきたばかり。

フォンテイン家の嫁サリーは、三時間前に会った時と別人みたいだ。髪をふり乱し、目が吊り上がっている。すごい勢いで馬車道を駆けてきて、玄関につっ込む寸前で止まった。

そして家の中から出てきた私たちに向かい、こう叫んだ。

「北軍《ヤンキー》が来るわ！　見たのよ！　街道の先に。北軍が、北軍が来るのよ」

そしてきびすを返し、裏庭を抜けていった。出かける途中で見かけ、うちに帰る前に、私たちに知らせてくれたんだ。

一瞬沈黙があった。皆、声を出すことも出来ない。やがてスエレンとキャリーンが、互いの手をとって泣き始めた。

そう、北軍がレイプや拷問《ごうもん》をするって、誰でも知っていること。家を焼き、すべてを持ち去り、時には住民を殺していく。

ずっと怖れていたことがついに起きたのだ。

このあいだタラが焼かれなかったのは、たまたまお母さまや妹たちがチフスで床についていたから。お父さまが、

「焼くならわしと病人ごと焼け」

と北軍の士官にすごんでみせたからだわ。

だけど今、ここにいるのは、痩《や》せてはいるけれど健康な人間ばかり。おそらくひどいことをするに決まっている。

その時、荷馬車につないでいた馬が目に入った。たった一頭の私の馬。そう、一人で来た泥棒の脱走兵を殺して手に入れたんだ。

この馬だけじゃない。冬が来たら大切な食料になるはずだった豚までとられてしまう。

せっかくフォンテイン家の人たちがくれた鶏もアヒルも、それから貯蔵庫にある瓶詰めのリンゴやサツマイモも。小麦やえんどう豆も。

北軍の連中は、再び私たちから根こそぎ奪い、再び飢えさせるんだ。

私の中に、あの二十日《はつか》大根を囓《かじ》った日が甦《よみがえ》る。よその家の菜園を掘って見つけた、大根をむさぼり食べた。そして私はこう誓ったんだ。

「私はもう飢えない！　どんなことをしてもやつらに負けない」

思わず声に出したらしい。みんなはぎょっとして私を見た。

「沼よ！」

黒人の召使いたちに命じた。

「豚を沼に運んでいきなさい。ポーク、お前とプリシーとで、早く豚を外に追い出すのよ、それから……」

今度は妹たちに向かって言った。

「スエレン、キャリーンと、バスケットに詰められるだけの食料を詰め込んで森に逃げなさい」

もし北軍が私を襲ったとしても仕方ない。歯を食いしばって耐えてみせる。だけど結婚していない妹たちは可哀想。特に末っ子のキャリーンはね。たった十五歳なんだもの。

私の頭はめまぐるしく回転する。

「マミイ、銀食器をもう一度井戸に沈めるのよ。早くして。それからポーク、お父さまを連れていくのよ。どこでもいいから連れていって。お父さま、早くポークについていって頂戴《ちょうだい》。そうよ、ついていけばいいの」

壊れかけたお父さまの頭は、北軍の青い制服を見たらどうなるかわからない。めちゃくちゃなことをして、もし射殺されたら……ああ、ぞっとする。

メラニーのスカートにしがみついて、ウェイドも泣き出した。いらいらするったらありゃしない。泣きたいのは私なんだから。それなのに、いつだって、皆、私が命令するのを待っている。

しっかりしなきゃ。スカーレット、冷静になるのよ。その時だ、メラニーが問うた。みんながおろおろしている中、一人落ち着いた静かな声で。

「スカーレット、私は何をすればいい？」

「牝牛《めうし》と仔牛《こうし》をお願い」

早口で言った。メラニーなら頼んで大丈夫、そう思った。

「昔の放牧場にいるわ。馬に乗って沼に追いたてて」

そのとたん、メラニーはウェイドをふりはらった。ちょっとびっくりするくらいに素早く、そして玄関の階段を降り、ひらりと馬に飛び乗った。手綱《たづな》をしっかりと握る。その時、メラニーは大切なことを思い出したんだ。

「私の赤ちゃん！」

顔を引きつらせた。

「私の赤ちゃんが、北軍に殺されてしまうわ、お願い、あの子を連れてきて、抱いていくわ」

私は大声で応えた。

「行くのよ、とにかく行って！　牝牛をつかまえるの。私があの子を見るわ。私がアシュレの子を、やつらの手に渡すと思うの？　さあ、行って」

とっさに「あなたの子」じゃなく、「アシュレの子」と言ってしまった。きっと命がけで守る、と言うつもりだったんだろう。

私は泣きながらまとわりついてくるウェイドをじゃけんにふりはらい、二段飛びで玄関の階段を上がった。

みんな貯蔵庫に走ったり、怒鳴り合ったりしている。

私は寝室に入り、整理だんすのいちばん上を力まかせに開けた。裁縫箱に隠してあるダイヤの指輪とイヤリングを、急いで財布の中につっ込んだ。

これ、どこに隠そうか？　マットレスの中？　煙突の中？　胸の間に押し込もうか？　いいえ、それは絶対にダメ。もし北軍に見つかったら、裸にされて全身を調べられる。

そんな目にあったら、私は死んでしまうだろう……。

恐怖が刻一刻と近づいてきた。廊下ではぱたぱた走りまわったり、すすり泣く音が聞こえてくる。スエレンの怒鳴り声。

「早くして。キャリーン、さあ、早く。これだけあれば充分よ。急いで」

裏庭ではキーキー、ぶうぶう鳴く声が聞こえる。マミイやポークが、もがく仔豚を必死でかかえているのだ。

その音も次第に遠ざかっていった。みんな沼や森に逃げたのだ。

私はメラニーの寝室に入り、ゆりかごの中をのぞき込んだ。赤ん坊はすやすやと寝入っていたけど、私が乱暴に抱き上げたので、目を覚まして泣き出した。

この子を連れて私も逃げようとしたけれど、赤ん坊の泣き声ですぐにつかまってしまうかも。いったいどうしたらいい？

その時、ある考えが頭に浮かんだ。宝石のいちばん安全な隠し場所だ。うぶ着の裾《すそ》を持ち上げ、おむつとお尻の間に財布をつっ込んだ。違和感があるんだろう、赤ん坊はばたばた足を動かし泣きわめく。

「静かにしなさい」

赤ん坊の足の間の三角の布を急いで結んだ。覚悟が決まった。

「さあ、逃げるのよ」

泣きわめく赤ん坊を片手に抱き、もう一方の手は宝石箱をつかんだ。階段を降りる。

もう誰も残っていない屋敷はしんと静まり返っている。足ががくがくして動かなくなった。自分で命じたくせに、皆を恨んだ。

みんな私を一人置いていったんだ。女をたった一人残して。誰も待っていてはくれないなんて……。

その時、小さな物音にびくりとしてふり返った。ウェイドが階段の手すりの下にうずくまっている。すっかり忘れていた。

ウェイドは涙も涸《か》れはてていて、何か訴えようとするのだが、口をぱくぱくするだけ。

「立ちなさい、ウェイド」

私はきつい声で言った、今は生きるか死ぬかという時なのよ。だけどウェイドは、階段を降りてくる私のスカートに、必死でしがみついてくる。この子が恐怖でどうにかなりそうなのは知っている。だけど甘やかしたりはしない。もうじき北軍がやってくる。

「見てわからないの！　お母さまは両手がふさがっている。自分で立って歩くのよ、ウェイド」

だけどウェイドはますます必死で、私のスカートにしがみつく。私はやっとの思いで一階に降りた。

愛着ある家具と、美しい色のラグマット。仕事部屋のドアが開いていて、お母さまが座っていた椅子と机が見えた。壁には、母方のお祖母さまの古い肖像画がかかっている。いかにもフランス人らしい、大きく胸の開いたドレス。冷たい微笑。どれもが私に別れを告げている。

「さようなら、さようなら、スカーレット・オハラ」

そう、もうじきこの屋敷は焼かれるんだ。これが最後に私が見るわが家なんだわ。もうじきこのタラは、あのオークス屋敷とマッキントッシュ屋敷のように、焼けただれて煙突が残るだけになるだろう。

「私はここを置き去りにはしないわ」

そうよ、私は声に出して言った。

「あなたたちを置き去りにするもんですか」

もし北軍がここを焼くというのなら、自分もろとも焼いてもらおう。だってこの家は私のすべてなんだもの。

そう決めると、恐怖が少しずつ遠ざかっていった。ただ硬く冷たいものだけが心に残る。揺らいでいたものが定まった。

なるようになれ。きっと私は耐えてみせる。そしてこの家を守っていく。

私の決心と呼応したように、やがて街道からたくさんの馬のひづめの音、軍刀が鞘《さや》の中で揺れる音が近づいてきた。

そうだわ、ウェイドを何とかしなきゃ。この子を私と一緒に死なせるわけにはいかない。私はありったけのやさしさを込め、不自然なほどやわらかい声で言った。

「手を離して、ウェイド。いい子だから。すぐに走って裏庭から出ていきなさい。沼まで行くの。そこにあなたの大好きなメラニー叔母ちゃまも、マミイも待っているわ。さあ、全力で走りなさい」

だけどもう遅かった。ウェイドはすべての感情をなくして、ぼんやりと私を見ているだけだ。ぴくりとも動かない。

「馬から降りろ」

北部訛《なま》りの上官らしい男の声がした。

私は階段の下に仁王立ちしていた。男たちは私を押しのけて階段をのぼり、玄関ポーチに家具を引きずり出し、銃剣やナイフでクッションを切り裂いた。中に金目のものが隠されていないか調べているのだ。

この男たち、兵士なんかじゃない。泥棒の集団だ。怒りが大きくなり過ぎて、恐怖が消えてしまった。本当に、自分でもびっくりするくらい。

指揮をとる軍曹は、がに股《また》でごま塩頭の小男。へどが出るぐらい下品だった。まず私のところに来て、床の上にもスカートの上にも、ぺっぺっと唾を吐いた。嚙《か》み煙草《タバコ》をずっと頰《ほお》ばっているからだ。

「その手にあるものを寄こせ」

宝石箱はどこかに隠すつもりで、すっかり忘れていたのだ。

「その指輪とイヤリングもだ」

お母さまの形見のガーネットのイヤリングと、チャールズからもらったサファイアの大きな婚約指輪を渡した。

「他に持っているものは？」

なめまわすように私を見る。一瞬、胸の中に手をつっ込まれるかと思った。

「それだけよ。女子どもは身ぐるみ剝《は》がさずにはおかない決まりかしら」

憎まれ口をつい叩《たた》いたけど、声が震えていた。

「いや、オレはあんたの言葉を信じるよ」

彼は唾を吐いてその場を去っていった。

私は赤ん坊をあやしながら、足の間のふくらみを確かめる。メラニーが赤ん坊を産んでいてくれて、こんなに有難いと思ったことはなかった。

二階では家具が倒れる音。どかどかと靴を踏み鳴らす音が聞こえる。そして庭では殺戮《さつりく》が始まった。

持っていけるように、鶏やアヒルの首をたたき切っているのだ。すさまじい叫び声がした。その中に豚の声も混じっている。

プリシーはどれだけ役立たずなんだろう！　豚を置いて自分だけ逃げたんだ。

家の中で北軍兵《ヤンキー》たちはどかどかと走り、叫び、何もないぞと罵《ののし》り声をあげている。

ウェイドはぎゅっと私のスカートをつかんでいる。体が震えているのがわかった。

もう少し頑張るのよ。引きつけを起こしちゃダメよ……。

やがて男たちが盗んだものを持って、騒がしく階段を降りてきた。そのうちの一人が、チャールズの軍刀を持っている。すべて諦《あきら》めたはずなのに、私は知らず知らずのうちに声をあげていた。

「あっ！」

それはウェイドのものだった。たった一つの父の形見なんだ。昨年の誕生日に、皆の前で私がうやうやしく息子に渡した。ご馳走《ちそう》もふんだんにあり、ちょっとしたセレモニーだった。メラニーも兄のことを思い出して泣いていたっけ。そしてウェイドにキスをし、

「いつかお父さまのように、立派な軍人になるのよ」

と言った。本当はチャールズは、出征して早々に病気で死んだんだけど……。

「それは僕のだ！」

さっきまでひと言も発しなかったウェイドが、片手をつき出した。

「それは僕のものだ」

私もつい、

「それはダメ。絶対にダメ」

と口走ってしまった。

ダメだとー？　軍刀を持った背の低い兵士がにやりと笑う。とても嫌な笑い。北

軍に逆らったりして、もしかすると私もウェイドも、この軍刀で切りつけられるかもしれない。だけどそうだとしても、この子が初めて必死で守ろうとしたものは、私が守ってあげなきゃいけないんだ。

「ダメも何もあるもんか。これは我々に歯向かう南部の軍刀だろう」

「違います。それはメキシコ戦争の時の軍刀よ。この子のお祖父さんの形見なの。だから返して。この刀はこの子のものよ。だから大尉さま、お願い」

軍曹だとわかってたけど、戻ってきたさっきの男に頭を下げた。

「大尉さま、この軍刀をこの子に返して」

「どれ、見せてみろ、ボブ」

背の低い兵士がしぶしぶ渡した。

「つかは純金製ですよ」

軍曹が手のひらでそれをころがし、陽《ひ》の光にかざした。刻まれた銘を読む。

「ウィリアム・ハミルトン大佐殿へ。ブエナ・ビスタの戦いにおける武勲を讃《たた》えて。

一八四七年　幕僚一同」

ほう、奥さん、と彼はつぶやいた。

「何を隠そう、この私もブエナ・ビスタの戦いに出征したんですよ」

「まあ、そうですの」

私はさも驚いたように言った。

「本当ですよ。いや、あれは激しい戦いだった。あれほどの激戦はまずこの戦争ではあり得ないでしょうなあ」

そんなことはないわ。あなただって一度、アトランタから脱出すればよかったのに。

「で、この軍刀はこの坊主《ぼうず》のお祖父さんのものだと」

「はい、そうです」

「だったら、これは坊主のものだ」

軍曹はもう、宝石や金目のものを手にして、充分満足しているみたいだ。

「でも、つかは純金です」

背の低い兵士がなおも食いさがる。

「いいじゃないか。これを見るたびオレたちのことを思い出すだろう」

にやりと笑った。

私はお礼を言わずに軍刀を受けとる。殺されないことがわかったとたん、また憤《いきどお》りがわいてきた。自分のものを返されて、どうしてお礼を言わなきゃいけないの？

やがて二階や庭にいた兵士たちが、どやどやと玄関ホールに集まってきた。

「何か見つかったか」

「豚が一頭と、鶏とアヒルが数羽です」

「こちらもトウモロコシがいくらかと、サツマイモと豆だけでした。きっと街道で見かけたあの女が、触れまわったんでしょう」

「とにかく、この家にたいしたものはありませんでした、軍曹殿。もらうものはもらったし、さっさと次に行きましょう」

「燻製所《くんせいじょ》の下は掘ったのか？　定番の隠し場所だぞ」

「ここには燻製所はありませんでした」

「それじゃ黒人小屋の下だな」

「何もありません。綿花が山積みになっていただけです。火をつけておきました」

頭をガーンと殴られたようになる。長く暑い日が甦った。照りつける強い陽ざし、怖ろしいほどの腰の痛み、灼《や》けてひりひりした肩。でも綿花は消えてしまったんだ……。

「見事に何もないらしいね、奥さん」

「あなた方のお仲間が、既《すで》に一度いらしてますからね」

私は精いっぱいの皮肉を込めて言った。

「そうだ、確かに九月に来ている。忘れてた」

その男の手のひらには、お母さまの金の指ぬきがあった。お母さまの指と、その指ぬきが美しい刺繍《ししゅう》の表と裏を行き来するのを、何度見たことだろう。お母さまの大切な指ぬき。それがこんな薄汚い兵士のまめだらけの手で運ばれ、北に持ち去られるなんて。そして盗品だと知っても喜ぶ北部人《ヤンキー》の女の指にはめられるなんて。

でもこんな男たちに泣き顔を見せまいとうつむいたら、涙がゆっくりと頬を伝い、赤ん坊の頭にポタポタと落ちた。

その間に兵士たちは玄関に向かっていった。軍曹が荒々しい大きな声で号令をかけるのが聞こえる。

「出発！」

私は体中の力が抜け、しばらくそこに立ち尽くしていた。黒人小屋からゆらゆら煙が立ちのぼっていくのに気づいたのはしばらく経《た》ってからだ。綿花が。綿花が燃えてしまう。税金を払い、この冬を乗りきるために必死に摘んだ綿花が。だけど私に何が出来るっていうの？　女一人で火がついた綿花を消せるわけがないもの。

そして私はもっと近くで火の気配を感じた。ホールから台所まで走る。赤ん坊は途中で置いた。

台所は煙で充満していた。一回飛び込んで後ずさりする。煙が目にしみ、とても入れなかったんだ。スカートをめくり上げて鼻をおおった。

ひどいわ！　思いどおりにいかなかった誰かが、かまどの薪《まき》を台所中にばらまいたのだ。乾ききった松材の床は、まるで水を吸うように炎を吸い込み、炎を噴き上げている。

「ああ、神さま、タラが、タラが燃えてしまう。ああ、神さま、助けて」

ラグマットをバケツの水にひたし、大きく息を吸い込んで、もう一度中に入った。よろめき、咳《せ》き込みながら、ラグマットで炎を叩き続けた。だけど火柱はどんどん高くなり、私のスカートにも火がついた。髪がこげるにおいがする。もうだめ、だめだわ。その時、薄れていく意識の中、視界の先にメラニーの姿が浮かび上がった。炎を足で踏み消し、何か黒っぽいもので床を叩いている。

苦しい……もう息が出来ない。私はもうダメ……。

目を開けた時、私はメラニーの膝の上に頭をのせていた。午後の陽ざしが顔に降りそそいでいる。手も顔も肩も、火傷《やけど》してひりひりと痛い。

ここは裏のポーチだわ。だって黒人小屋がすぐそこにあるから。まだ黒い煙が立ちのぼっている。だけど台所は、台所は？　起き上がろうとすると、メラニーの静かな声が制した。

「ほら、じっとしていて。台所の火ならもう消えたわ」

私はほっとして目を閉じた。近くでは赤ん坊が何か言っている。ウェイドのしゃっくりも。よかった、あの子たち、ちゃんと生きていた。

「まさか、あなたが失神するなんて思ってもみなかったわ。だけど一日でこれだけのことがあったら無理ないけど。牛を森に逃がした後、すぐに引き返してきたの。

あなたと赤ちゃんが屋敷に残っていると思ったら、生きた心地がしなかったから。その……北軍に、何かされなかった……？」

「レイプされたかどうかってこと？　それなら大丈夫よ」

もしされてたら、あなたはどうするつもりだったの？　慰めりゃ済むとでも思ってたの？　腹が立つけど怒鳴る元気はなかった。だけどメラニーの勇敢さにはびっくりだ。黒人たちは誰一人来てくれなかったのに、彼女だけが戻ってきて、台所の火を消し、私を救い出してくれたんだもの。

「でも、何もかも盗まれてしまったわ。綿花も焼かれて、何もかも失ってしまった……」

言葉に出すとまた泣いてしまいそう。

「それなのに、どうしてそんなに幸せそうな顔をしているの」

メラニーはふふっと微笑《ほほえ》み、そして歌うように言った。

「あなたも無事で、赤ちゃんも元気。そして私たちには雨露をしのげる屋根があるじゃないの……」

メラニーは赤ん坊を揺らし始めた。

「この子ったら、あんな怖い目にあったのに、キャッキャッて笑っているわ。ねえ、もしかして北軍は、この子のおむつの替えまで持っていったりはしないわよね……。あら、この子のおむつの中には、何が入っているのかしら？」

メラニーは、赤ん坊のお尻に手をつっ込んで財布を見つけた。ぽかんと眺めていたけど、声を出して笑い出した。

「こんなこと、他の誰にも思いつかないわ。あなたって、最高にカッコいい私のお姉ちゃんよ」

それから私の首に抱きついて、頬にキスをした。やめてよ、と言うには私はあまりにも疲れていたのでされるままになっていた。

そして私は思った。

めんどうくさい女だけど、私が困った時に必ずいてくれるのは確かだわ。

だけどその後のことは、メラニーにも私にもどうすることも出来なかった。

寒い季節は突然やってきた。冷たい風が、家のいたるところから入ってくる。たくさんの兵士や馬が残した轍《わだち》の赤い道は、硬く凍りついた。

私たちがあんなに怖れていた冬が、牙《きば》をむいてやってきたんだ。私はフォンティン家の老夫人と話したことを思い出す。アトランタから帰り、母が死んだことを知った私は人生の最悪を味わったと老夫人に告げたっけ。

だけど夫人は言った。「重荷を下ろせる日が来るなんて思わないことね」と。

本当にそのとおりだった。飢えと寒さを同時に私は味わっていなかったんだから。

兵士たちが二度めに襲ってくるまでは、タラにはささやかでも食料とお金があった。春まで乗りきるための綿花もあった。そして私たちよりも恵まれていてやさしい隣人もいた。それが今では、綿花も食料も消えてしまったのだ。

でもうちはまだマシな方。牝牛と仔牛がいたし、仔豚が何頭か残っていた。馬だって一頭いる。だけどご近所はひどいことになっていた。

タールトン家は、屋敷はもちろん、農園まですべて焼き尽くされた。夫人と四人の娘たちは、かつて奴隷監督が暮らしていた小屋に身を寄せ合って住んでいる。マンロー家は農園と屋敷に火をつけられたが、家族と奴隷たちとが力を合わせたおかげで、母屋の漆喰《しっくい》部分が残った。

カルヴァート家は、今回も北部出身の夫人と奴隷監督のおかげで、焼かれることはなかったが、あとには鶏一羽、トウモロコシの一穂すら残されることはなかった。

タラでも日ごとに食べ物の問題は深刻になっていった。ほとんどは畑に残っていたサツマイモやピーナッツくらい。最初のうちは、困っているご近所に分けていたんだけど、それどころではなくなった。

ポークが森でつかまえてくる、ウサギや袋ネズミ、ナマズも食べた。みんなが私を見る。痩せてギラギラした目で。

「スカーレット、何とかして。何か食べさせて」

私は命じた。

「仔牛をつぶすしかないわ」

仔牛は母牛からごくごくと乳を飲む。大量に。その牛乳は私たちにとってとても大切なものなんだ。

仔牛を屠《ほふ》った夜、母牛が子どもを捜して鳴いていたけれど仕方ない。私たちは新鮮な仔牛のお肉をお腹いっぱい晩ごはんに食べ、みんなお腹を壊した。

一度ポークに、食料を買いに行ってもらおうかと考えたことがあるけれど、もし北軍に見つかったら大変だ。馬を奪われ、お金だってとられてしまう。やつらが今どこにいるのか見当もつかなかった。一千マイル先かもしれないし、すぐ川向こうなのかもしれない。

一度私が馬に乗って、出かけようとしたけれど、家中の者から反対された。

ポークは食べ物を探しに出かけ、一晩中帰らないこともある。ネズミやウサギをとってくることもあるし、トウモロコシの穂やえんどう豆の袋を持って帰ることもあった。一度は森で見つけたと言って、オンドリを一羽かかえて持ってきたこともある。嘘だわ、と思ったけど、私はあえて聞かなかった。ポークが盗みをしているのはわかっていた。だけどどうしようもない。このままだと、家中の者が餓死してしまうはずだもの。

みんながとうに寝静まった頃、ポークが私の寝室のドアを叩いた。銃弾がかすった脚をおどおどと差し出す。遠くの家の鶏小屋にしのび込んでやられたんだそうだ。

「そんなことしちゃダメじゃないの」

私は包帯を巻いてやりながら泣いてしまった。ポークには忠誠心がある。主人のためなら、どんなことでもするという強い思いだ。

ふだんだったら盗みは悪いことで、主人の私は鞭《むち》でうたなければならなかっただろう。だけど私は泣いて、ポークの肩をやさしく叩いた。

ポークはもう私たちの家族なんだ。

「気をつけてね。私は絶対にお前を失いたくないのよ。お前がいなくなったら、私たちはいったいどうしたらいいのかわからない。お前は本当によくやってくれている。いつかお金が手に入ったら、私はお前に大きな金時計を贈るわ。そこには聖書の言葉を刻んであげる。『素晴らしい私の忠実な下僕《しもべ》よ。お前は本当によいことをした』って」

ポークは目を輝かせた。

「スカーレットさま、本当ですか。いつ、その金が手に入るんですか」

「まだよ。だけど必ず手に入れてみせる」

私は大きく頷《うなず》いた。

「いつかこの戦争が終わったら、きっと私は大金を手に入れるわ。もう二度と飢えも凍えもしない。戦争の前みたいに皆いい服を着て、毎日フライドチキンを食べるの」

昔の話をするのはこの家ではタブーだったけど、私は力を込めて繰り返した。

「もう二度と飢えも凍えもしないのよ」

私がきっとそうする。

29

暑く長い秋が終わったとたん、雨が降り始めた。

冷たい雨が毎日しとしとと降る。身震いするほどの寒さになった。暖炉の薪《まき》は湿って、くすぶるばかり。その日の朝食を最後に、牛乳以外の食べ物はすべて底をついた。サツマイモは食べ尽くしてしまったし、ポークのしかけた罠《わな》や釣り糸にも獲物はかからなかった。

明日はいよいよ豚を処理しなくては。口に入れるものは何もない。しかもウェイドが熱を出した。だけど薬もなければ、まわりにお医者がいるわけでもない。

私は看病をメラニーに頼んで、時々仮眠をとった。だけどお腹が空いて眠ることも出来ない。何度も何度も寝返りを打ち、悪いことばかり考えていた。

飢えた家族を、これからも私が支えていくんだろうか。お父さまは呆《ほう》けて少しも役に立たない。私を助けてくれる人は誰もいなかった。

空腹のあまり目は冴《さ》えるけれど、疲れの方が大きくて時々まどろむこともあった。いつも同じ夢、悪夢といってもいいぐらい。

私は見知らぬ荒野に立っている。かざした自分の手も見えないほど、あたりは濃い霧におおわれている。足元はぐらぐらしている。私は道を見失い、途方に暮れている。寒さと恐怖。あたりに気配を感じる。だけど声が出ない。そして霧の中から、ぬっと手が出て私のスカートをひっぱる。私は地面に引きずり込まれそう。

私は逃げる。思いきり走る。霧の中を泣き叫びながら。湿った霧をつかんだが、何も得られない。

助けて！

絶望の声をあげると、メラニーの顔があった。私の肩を激しく揺さぶっている。

「大丈夫？　とても大きな声だったわ」

大丈夫って言ったけど、少しも大丈夫じゃなかった。私は何度でも同じ夢をみるようになって、しまいには眠るのが怖くなったんだもの。

鏡を見るたびにぞっとした。青白く痩《や》せていった。昔は皆に、引き込まれそうと讃《たた》えられた緑色の瞳は、痩せて吊り上がってギラギラしている。まるでエサを必死で探す野良猫だ。仕方ない。今の私が考えているのは、食べ物のことだけだったんだもの。

クリスマスになった。思わぬお客がやってきた。食べ物を持ってきてくれる人ならいいんだけど。食べ物を探しに来た南軍の兵站部《へいたんぶ》よ。小さな部隊の隊長はあのフランク・ケネディだ。そう、妹のスエレンの恋人。もう四十を過ぎたさえないおじさんだけど。

兵隊たちはみんなみすぼらしく、ひどい格好をしていた。腕が一本なかったり、片方の目がつぶれていたり、脚がおかしな感じで曲がっている。ケガをして前線からはずれた兵士だった。みんな北軍《ヤンキー》の捕虜から奪った青い外套《がいとう》を着ているから、一瞬彼らがやってきたと思い、逃げそうになったぐらい。

みんな髭《ひげ》をはやして、薄汚いなりをしていたけど、育ちのいい男たちだってすぐにわかった。タラに一晩泊まり、応接間で雑魚寝《ざこね》したけど、それもすごい贅沢《ぜいたく》だって。

みんなでクリスマス・イヴを過ごした。彼らは戦争の深刻な話を避け、とんでもないジョークで私たちを笑わせた。

「まるで昔に戻ったみたい。うちでしょっちゅうパーティーしてた頃みたい」

スエレンが嬉しそうに私にささやいた。スエレンも私に負けず劣らず、ボロを着てげっそり痩せているけど、顔は幸福そうにキラキラしてる。戦争で離ればなれになった恋人が、うちにいることに舞い上がってる。あんなおじさんだけど恋をしてるんだわ。信じられない。

夫以外の男の人は大の苦手のメラニーも、必死で彼らをもてなした。声をたてて笑い、彼らのジョークを面白がるから、私はびっくりした。彼らをもてなそうと必死なんだろう。南部のために働いている兵士たちに、なんとか素敵なクリスマス・イヴを過ごしてもらおうと、みんな一生懸命だ。

フンといいましく思っていたのは、私だけだったかもしれない。だって兵隊たちは、ものすごい勢いで食べるんだもの。クリスマス・イヴのために用意したわが家の夕食、干しえんどう豆と干しリンゴの煮込みとピーナッツに、人数分のトウモロコシと塩漬けの豚肉を出すはめになった。この半年で最高の食事だと皆大喜びだったけど、私は昨日さばいた仔豚《こぶた》の残りを差し出せと言われたらどうしようかと、やきもきしていた。それは貯蔵室に隠している。それから沼の囲いには、きょうだい豚がいるけど絶対に秘密だった。あれを持っていかれたら、私たちは冬を越せない。餓死してしまう。

軍の食料事情なんて知ったことじゃない。軍の男は軍が食べさせればいいんだもの。

私はふとフランク・ケネディの顔を見た。さっきまでずっとスエレンを見つめてたけど、今彼の視線は部屋中をさまよっていた。

私たちのみじめさに驚いているんだわ。お父さまはひと言も発することなく、子どものようにぼうっとしている。掠奪《りゃくだつ》された後の戸棚。めぼしいものを探すために切り裂かれたソファ。絵がすべてなくなっている壁。私たちの古いボロのドレス。小麦粉のずだ袋でつくった息子の半ズボンには、さぞかし驚いただろう。

私と目が合って、フランクはどぎまぎしている。

「仕方ないのよ」

私は目で言ってやった。

「蔑《さげす》んだり同情するならいくらでもしなさい。だけど私たちは、こうして生きていくしかないの」

すぐに彼は目を伏せた。そしてバツの悪さからか、急にお喋《しゃべ》りになった。

彼は戦況もよくわかっていたし、かつての南部の上流社会のたいていのメンバーと、友だちだったり親戚づき合いをしていた。

私がびっくりしたのは、北軍が撤退して南軍がアトランタを取り戻したということ。北軍が焼き尽くしていて、何の価値もなかったからだ。

「アトランタは、私たちが脱出した日に炎上したのよ。そう、南軍が火を放ったんだわ」

「とんでもない、ミス・スカーレット」

フランクが大きな声をあげる。

「我々がどうして、自分たちの家族や同胞が暮らす町に火を放つんですか。あなたが見たのは倉庫であり、敵の手に渡すわけにいかなかった工場や弾薬です。シャーマン軍が町を占拠した時、家も商店も美しい町並みはちゃんと残っていました。そこにシャーマン将軍は自分たちの兵士を宿営させたんですよ」

「でも、そこに住んでいた人たちは？　まさか……殺されたりはしませんでしたよね」

「何人かはやられました……。ただ銃で殺されたんじゃありません」

フランクの隣りに座っていた兵士が、ぞっとするような声で答えた。

「アトランタに駐留すると、シャーマンは市長に市民を一人残らず町から出すようにと命令しました。しかし出ようにも出られない年寄りや病人はたくさんいました。シャーマンは大嵐の中、何百人という人たちを無理やり町から追いたて、ラフ・アンド・レディ近郊の森に打ち捨てたんですよ。フッド将軍に引き取りに来いとほざいて、おかげで多くの人たちが肺炎にかかり亡くなりました」

「そんな！　何の抵抗も出来ない人たちを！」

メラニーが悲鳴をあげた。

「そしてシャーマンは、十一月半ばまで兵を休ませ、撤退する時に町中に火を放ったんですよ。そしてアトランタ全体を焼け野原にしたんです」

「全体なんて、まさか」

メラニーは真青になった。アトランタは彼女が生まれ育った故郷なんだもの、シヨックは大きい。私だってそう。初めて住んだ大好きな活気ある町。大勢の人が行き来して、立派な店やホテルが立ち並んでいたっけ。

私たちが顔色を変えたので、フランクはこれはまずいと思ったらしい。そこで黙りこくった。後で知ったんだけど、北軍は墓地を荒らしまわった。チャーリーやメラニーの両親も眠るハミルトン家の墓も。死体から装飾品を奪い、棺《ひつぎ》から金や銀のネームプレートを剝《は》がしていったんだって。その後、放り出された死体は……ああ、考えたくもない。

そして哀れだったのは、取り残された犬や猫たちで、みんな飢えて死んでいったんだ！

フランクはもちろん、夕食の席でそんなことは口にしなかった。レディを敬うことを知っている南部の男だもの。そして彼は私たちが喜びそうな素晴らしい知らせを口にした。

「焼け残った家がないわけではありませんよ。あなた方の叔母さまの、ミス・ピティの家はちゃんとあります。多少壊れてはいますが、無事に残っています」

「ええ、どうやって火を逃れたの？　信じられない」

あの夜、もう二度とこの家に入ることはないだろうと思って、私は鍵を閉めたんだ。

「あの家は煉瓦《れんが》づくりですし、アトランタでは唯一のスレート屋根ですから。火の粉《こ》が飛んできても大丈夫だったんです。町のはずれにありましたしね。もちろん宿営していた北軍にめちゃくちゃに荒らされています。連中は、マホガニーの階段の手すりさえ薪にしましたからね。でも、今も立派に建っていますよ。先週、メーコンでミス・ピティにお会いした時――」

「何ですって！」

私とメラニーは同時に叫んだ。

「叔母さまに会ったの？　叔母さまはお元気なんですか」

「ええ、お元気です。家がまだ残っていると聞いたら、すぐさまアトランタに帰るとおっしゃっていました。もっともあの家のじいや、ピーターの許しが出ればですが。実は多くのアトランタ市民が町に戻ってきているんです」

「信じられないわ。焼け跡になったアトランタにどうして。どこに住むっていうの？」

「ミス・スカーレット、彼らはテントや掘立《ほったて》小屋、丸太小屋をつくって寝泊まりしたり、わずかに焼け残った屋敷に、数家族で住んでいるんです。メーコンにいると危ない、っていう噂があるのも確かですが、それだけじゃない。アトランタ市民は本当に強いんです。今も誰もが家を建て直そうと、廃材集めに町中を奔走しています。ついおとといもメリウェザー夫人とミス・メイベル、ミード夫人にお会いしました」

よかった！　あの三人は無事だったんだわ。

「メリウェザー夫人は、古くから仕える黒人女と一緒に煉瓦を集めてました。ミード夫人はご主人が戻ってきたら、二人で丸太小屋を建てるつもりだとおっしゃっていました。アトランタに移り住んだ頃、まだマーサズヴィルと呼ばれていた頃は、丸太小屋に住んでいた。その頃を思えば全然どうということはないと。田舎育ちの私にはわかりませんが、アトランタの人たちは、本当に町への思い入れが強いんですよ」

「何よりも気骨があるんですよ」

メラニーが誇らし気に言った。

「ねえ、スカーレット、そうよね」

私も素直に頷《うなず》いた。アトランタ、私の第二の故郷。歴史ある町でもなかったし、ここジョージア州の田舎みたいに、貴族趣味的なところもまるでない。粗削りでエネルギッシュな大好きな町。伝統や慣習にとらわれることもなくて、私自身のためにあるような町だった。だから北軍の襲来や焼き打ちぐらいでへこたれない。私はこの話を聞いて、体中に力がみなぎるのを感じた。

その時、メラニーが言った。

「ピティ叔母さまがアトランタに戻るなら、私たちも帰ってそばにいてあげないと。ねえ、スカーレット」

この女ってやっぱりアホで、家族じゃないと私は思った。状況がまるで見えてやしない。このタラを離れて、どうして私たちだけがアトランタに行けるの。

「そんなに戻りたければ、お一人でどうぞ。誰も止めやしないわ」

「まあ、そんな意味で言ったんじゃないのよ」

そのあわてたことといったら！

「私ったらなんて思いやりのないことを言ったのかしら。叔母さまのことは、きっとピーターじいやと料理女がめんどうをみてくれると思うわ」

「別にあなたがここにいる理由はどこにもないわ」

　本当にそう思う。メラニーと赤ん坊二人の食いぶちがなくなれば、どんなに楽になるだろう。

「私はあなたを置いていったりはしない。だいいち私はあなたがいないと、怖くて生きていけないもの」

　おろおろしている。本当にめんどうくさいったらありゃしない。

「勝手にすればいいわ。私は何を言われてもアトランタには戻らないわ。どうせ二軒、三軒家が建ったところで、シャーマンがまた町に戻ってきて火をつけたら終わりよ」

「シャーマンは戻ってきませんよ」

　フランクはつらそうに語り出した。

「彼の部隊はジョージア州を横断して、海岸地方へ進んだんです。今週サヴァンナが占領され、サウスカロライナを北上しています」

「サヴァンナが占領されたなんて……」

もうメラニーなんてどうでもいい。あの大きな歴史ある町が、北軍の手に落ちるなんて。

「男という男はすべて駆り出されました。が、あそこには町を守るだけの兵士はもういなかったんですよ」

私はすっかり気が滅入ってしまったけれど、メラニーはいつになく積極的に会話に加わってくる。

「メーコンにいらした時、インディア・ウィルクスとハニー・ウィルクスにお会いになりましたか。二人の妹のもとに何か、アシュレ・ウィルクスに関する情報は入ってこなかったでしょうか」

「ウィルクス夫人、そんな情報があれば、メーコンからまっすぐこちらに馬を走らせているに決まっているじゃないですか」

「そうですわね」

「だけど心配には及びません。音信が途絶えているのは収容所に入っているからです。それに北軍の捕虜収容所は我々のものほどひどいところではありません。なにしろ彼らは、豊富な食料を持っていますから」

「あなたは嘘をおっしゃってるわ。北軍につかまった捕虜は、みんなひもじくつらい思いをして、病気になっても医者にも診てもらえないんだわ。わかっているんです。アシュレは……」

「もうそれ以上言わないでよ！」

メラニーのヒステリックな言い方に、私はすっかり腹が立った。アシュレが死んだという確実な知らせがない限り、ずっと希望にすがっていられるのに。

気まずい沈黙の後、メラニーは立ち上がった。明るい口調で話題を変えた。

「皆さん、応接間にいらして。クリスマス・キャロルを歌いましょう。北軍もピアノだけは持っていけなかったんですもの」

みんなが歩き出す中、フランクだけがあとに残った。私の袖をひっぱる。

「ちょっとお話が……」

まさか豚を見つけたんじゃないでしょうね。あれはダメ。あの豚を持っていかれたら、私たちは全員飢え死にだもの。

「あの、ミス・スカーレット、実はお父さまにご相談したいことがあったのですが、どうもむずかしいようなので……」

　呆けてしまったのはひと目でわかるもの。でもよかった。豚を寄こせ、ということではないらしい。

「でしたら私が代わりに。今は私がこの家の家長ですから」

「実は……」

　フランクは赤っちゃけた髪をいじった。

「私は今日、お父さまにミス・スエレンをいただきたいとお願いしようと思って」

「えー、まだ結婚の申し込みをしていなかったの。つき合ってもう何年にもなるのに」

　フランクは顔を真赤にした。おじさんが十代の少年のような表情になった。

「あの、彼女が承諾してくれるかどうか自信がなかったんです。私は彼女よりずっと年上ですし、タラにはハンサムな青年たちがたくさん集まっていましたからね」

　バカじゃないの、この男。この屋敷につめかけていたたくさんの若い男は、みーんな私がめあてだったんだ。スエレンなんかに寄っていったのは、このおじさん一人だったはず。

「ありのままお話しします。ミス・スカーレット。私には今一セントのお金もありません。かつてはそれなりの財産を持っていましたが、入隊と同時にほとんどの土地は売りはらい、南部の国債に換えてしまいました。それも屋敷に火をつけられた時に、灰になってしまいました。無一文の私ですから、スエレンを支えられる日が来るまでは、無理に結婚しようとは思いません。が、彼女の愛情を心の支えにして、何とか今後生きていきたいと。真実の愛というものを勘定に入れていただければ、それだけは決してスエレンに不足を感じさせることはないと思います」

最後の言葉だけはちょっと胸を打たれた。

明日の命もわからない兵士が、全身全霊でスエレンを愛しているなんて……。それにしても、あんな性格の悪い女をどうして愛せるのか、不思議でたまらない。自分勝手で、年がら年中不満だらけ。本当にわからない。いずれにしてもスエレンが結婚してくれるのは大賛成だわ。いずれはこのうちを出ていってくれるんだし。どうかフランクが無事に帰ってきてくれますように。

「今夜彼女にプロポーズします」

「そうね、妹を呼んでくるわ」

私はすごくやさしく言った。どうぞどうぞ、二人で幸せに酔って頂戴《ちょうだい》。

「母の部屋を使って。あそこなら誰も入ってこないわ」

「ミス・スカーレット、本当にご親切にありがとうございます」

フランクは私の手を握った。私の手を握りながら、他の女のことを口にする男に初めて会った。まあ、いいけど。

そしてフランクは去りながらこんなことを言ったんだ。

「ミス・スカーレット、あなただけにはお話しします。戦争はもう長く続かないでしょう。兵を補充しようにも、もう男はいません。脱走兵の数は急に増えています。そもそも兵士のための食料がないんです。みんな腹を空かせ、鉄道は寸断されている。新しいライフル銃はなく、爆弾も足りません。兵士の靴をつくる革さえない。つまりはそういうことです。終わりの時はもうそこまで来ているんですよ」


フランクの言ったことは本当だった。

次の年の四月、ジョンストン将軍がノースカロライナで降伏して戦争は終わった。だけど二週間経《た》っても、タラにその知らせは届かなかった。

私たちは生きるのに必死で、外で噂を聞くひまなんてなかった。近所の人たちも同じでお互い行き来しなかったからわかるはずはない。

春の種蒔《たねま》きを一家総出でした。私はフランクの敗戦が近い、という情報を聞いてすぐにポークをメーコンに行かせたんだ。まだ陥落していないメーコンなら、食料があるかもしれないという私の目論見《もくろみ》は見事あたって、ポークは荷馬車いっぱいに食べ物を詰め込んで帰ってきた。

鶏、ハム、塩漬けの豚肉、粗挽《び》き粉の他にも綿花と野菜の種、生地やボタンもあった。これはもう奇跡《きせき》というもの。間一髪で、北軍に見つかるのを逃れたという。ポークは用心に用心を重ね、脇道や細道、人がめったに通らない古い馬車道を通って帰ってきたんだ。その間、五週間というもの、私は生きた心地がしなかった。ポークは無事で帰ってきてくれたばかりでなく、お金もあんまり使っていない。途中で不用心な鶏小屋や燻製所《くんせいじょ》を狙ったんだろう。本当は怒らなきゃいけないんだろうけど、私はただありがとうを繰り返した。それからポークの、長い間繰り返される自慢話もじっと我慢して聞いた。

そしてポークのおかげで、やっと私たちはふつうの生活を取り戻した。もうひもじさに夜うなされることはない。でもその忙しいことといったら……。

今年の綿花の種を蒔くためには、昨年のしおれた茎を引っこ抜かなくてはならない。その後、馬を畑中歩かせて耕した。菜園の作物を育て、豚や鶏のエサやり、牝《め》牛《うし》の乳しぼり。北軍が燃やしていった何マイルにもわたる柵《さく》や囲いもつくり直していった。ウェイドにさえ、仕事を割りあてた。今まではハミルトン家の跡取りとして、ちやほやされていた甘ったれの彼だけど、今は小さなかごを持って、火をおこすための小枝を一生懸命拾っている。

郡の男たちの中で、真先に戦地から帰ってきたのはフォンテイン家の兄弟だった。彼らは家に帰る途中、一瞬だけタラに立ち寄り、私たちにキスをした。ぼうぼうの黒い顎髭《あごひげ》にちょっとびっくりしたけれど。何もかも終わったと兄弟は言った。すべては過去のことだと。それで私たちは戦争に負けたことを知ったんだ。

メラニーとスエレン、キャリーンは、南部連合降伏の知らせを聞いたとたん、すうっと静かにうちの中に入った。私が兄弟を見送ってうちの中に入ると、三人はソファに座って泣いていた。みんな肩を震わせて。

どうして泣くんだろう。私は兄弟からすべてが終わったと聞いた瞬間、心の中で叫んだ。

「やった！」

もうこれで牝牛を盗まれずに済む。馬を奪われずに済む。井戸に沈めておいた銀食器を出して、ナイフとフォークで食事が出来るんだわ。もうこれからは命の危険を感じずに食料を探しに行けるんだ。

もう二度と馬のひづめの音に恐怖しなくてもいいんだ。ここで私は、自分が殺した北軍の脱走兵を思い出したけど、もう完全に忘れることにしよう。

玄関ホールに立って、メラニーや妹たちのすすり泣きを聞きながら、私はいろんなことを考えた。もっともっと綿花を育てよう。明日、ポークをメーコンにやって、種を買ってこさせよう。もう北軍に焼きはらわれることも、簡単に徴集されることもないわ。きっと秋には値段がはね上がるはず。

私は泣いている三人を無視して、ずんずんと仕事部屋に入った。そして残った現金でどれだけの綿花の種が買えるか、どれだけの収穫が期待出来るか考えてみた。

その時、ある予感に私は羽根ペンを落とした。

戦争が終わったっていうことは、アシュレが帰ってくる！　メラニーよりも先に私はそのことに気づいた。そう、アシュレよ、アシュレが帰ってくるんだわ。

メラニーはまだ泣いている。私は彼女よりも早くこの歓喜に酔った。

全くフランク・ケネディってどうかしている。こんなに性格の悪い女を本気で好きになるなんて。

戦争が終わってから、私とスエレンはずっと喧嘩ばかりしている。もう北軍につかまる心配がないとわかったとたん、スエレンは近所に遊びに行きたがった。私にガミガミ叱《しか》られ、働くばかりの生活に嫌気がさし、たまには隣人のところにお喋りに行きたいと言い出したのだ。豊かで幸福だった自分が今は可哀想で可哀想で、まわりの同じような境遇の人たちを見て慰めにしようとしたに違いない。

「馬はダメ」

私は怒鳴った。

「森から材木を運んで、畑を耕すためにいるの。あんたのお出かけのためにいるんじゃないの。日曜日ぐらい休ませてやらないと。行きたいなら、自分の足で行きなさい」

スエレンはふくれて泣き、文句を言い続けた。そしてあのひと言を発したのだ。

「ああ、お母さまさえいてくれれば！」

約束だからね、と私は平手打ちをくれてやった。この言葉を口にしたら、ひっぱたくと私は宣言していたのだ。

スエレンは悲鳴をあげてベッドに倒れ込み、これ以降あまり不平を言わなくなった。当然だわ。

近所なんて行ったって楽しいことは何もない。かつての大農園は、皆うちのように貧苦にあえいでいる。

いちばんましなのはフォンテイン家で、あのサリーが頑張っている。老夫人は、屋敷を守ろうと、皆の先頭に立って消火にあたったのがたたり、その日心臓発作で倒れたんだ。今も体調がよくない。

私はフォンテイン家を訪ねて、種トウモロコシを売ってほしいと頼んだ。無事に帰還した兄弟は、お金はいらないと笑った。明るくて気っぷのいいところは、昔のままで私はちょっと安心したけど、貧しさはうちと変わらない。

パインブルーム農園は悲惨だった。かつての私の仲よし、ケードは戦争から帰ったもののすっかり体を壊していた。彼の顔にははっきりと死相があらわれているのを私は見た。この屋敷は、北部出身の奴隷監督と後妻さんのおかげで、なんとか焼かれずに済んでいた。しかし中はすっかり荒れはてていて、私がダンスパーティーにしょっちゅう来ていた頃の面影はまるでない。しかも奴隷監督のヒルトンが、わがもの顔でふるまっていて、この私に対等な口をきくではないか。タラの娘、スカーレット・オハラに向かってよ。

後妻のカルヴァート夫人が、ヒルトンに気を遣っているから、ケードの妹たちも彼の前ではおどおどしている。私はすっかり腹を立ててしまった。

この二軒に懲りて、もうタールトン家に行くのはよそうと考えた。だって四人の兄弟は戦死し、屋敷は全焼している。残った姉妹と夫人は、使用人の小屋だったところに身を寄せ合うようにして暮らしている。こんなところに行く勇気があると思う？

だけどスエレンとキャリーンは、どうしても訪ねたいと私に頭を下げた。無事に帰ってきたタールトン氏におかえりなさいを言わなくてはと、メラニーにも説得されしぶしぶと出かけた。

それで四人でタールトン家へ出かけた日曜日の午後のことを、私はどれほど後悔したことだろう。

ここのうちのお祖父さまは、うちのお父さまと同じ。目がうつろなまま、ぼんやりと放牧地の柵に座っていた。ここは昔、素晴らしい馬たちが走りまわっていたところだ。タールトン家の馬といえば、それはそれは有名だったっけ。夫人がまるでわが子のように育てていたのだ。

「私のあの美しい馬たちがみんな死んでしまった。ああ、かわいそうなネリー！　せめてネリーだけでも生きていてくれたら」

夫人は嘆いた。ネリーはこの牧場でいちばんご自慢の馬だったのに、それさえ供出させられてしまったんだ。そう、アシュレのお父さまが戦場に出ていく時に。

小屋からは、戦場から帰ってきたジムおじさまや、四人の娘たちがわーっと出てきた。みんな明るくふるまっているけれど、それがとても不気味だった。みんな昔と同じようにしようと必死だ。だけど同じになるわけがないじゃないの。

あの底抜けに明るくて、ハンサムな四人の兄弟がいなくなってしまったんだ。私を取り合った愉快なおバカな双児たち。一人はキャリーンの恋人になったみたいだけど、私の結婚後だから仕方ないわ。

しばらくお喋りした後、私は一刻も早く帰りたかったけど、夕食をどうしてもと言われてしまった。豚の塩漬けと干しえんどう豆の煮込みを口にしながら、四人の娘たちはたえずジョークを言う。メラニーや妹たちもそれに応える。

私は見ていられなかった。あの背の高い四人の兄弟がすべて消えてしまった。他人の私でもつらくてつらくてたまらないのに、どうしてこんな楽しそうにお芝居をするの……。

やがて食事が終わると、キャリーンは夫人に何か耳打ちした。夫人は頷いて、彼女を外に連れていく。私とメラニーも仕方なく後に続いた。やがて墓地に向かっていることに気づいた。嫌だ、そんなところ。だけどもう引き返すわけにはいかなかった。

杉木立の下、真新しい二つの大理石の墓碑があった。まだ新しい。夫人が誇らし気に言った。

「先週買ったばかりなの。夫がメーコンに行って持ち帰ったの」

この人たちは間違ってるわ！　お墓にお金を出すなんて。それよりも明日のために種を蒔いて、畑を耕すことが大切でしょう。私はこんな風には生きない。他の二軒のように、死んだように生きない。私は生きていく。生きていくんだ。

30

昔からそうだったんだけど、この頃私は、思いついたことをすぐ口にしてしまう。

「メラニー、南部の娘たちは、これからどうなるのかしら」

「どういう意味？」

メラニーは眉をひそめる。

「だって結婚しようにも相手は誰もいないのよ。男性はみーんな死んでしまったのよ。南部中で、何千人っていう娘がオールドミスになって、そのまま死んでいくんだわ」

「子どもを持つことも出来ないまま……」

そう、メラニーにとって、それがいちばん重要なことなのよね。

その時、近くにいたスエレンがわっと泣き出した。あのクリスマス以来、フランク・ケネディから何の連絡もないのだ。郵便事情によるものかしら、それとももてあそばれたのかしら。いっそ戦死してくれれば、まだスエレンの誇りは保てるのにね。

キャリーンもそうだけど、恋人やフィアンセが死んだ、ということなら、世間はみんな同情してくれるけど、単に捨てられたんじゃね……。でもうるさいことといったら。

「泣くの、やめなさいよ。別にあなたのことを言ったわけじゃないわよ」

「スカーレットはいいわよ」

しゃくり上げた。

「もう結婚して、未亡人になって子どももいるんだから。そのうえ、他の男性からも言い寄られて。だけど私はどうなるのよ。どうしてオールドミスだなんて、私にあてつけがましく言うのよ！」

「別にあなたのことを言ったわけじゃないわよ。そうやってピイピイ泣く女が、私はいちばん嫌いなのよ。あんたの赤髭《あかひげ》おじさんなら、大丈夫。死んではいないわよ。必ず戻ってきてあんたと結婚してくれるわ。もっとも私だったら、あんなおじさんと結婚するぐらいなら、オールドミスの道を選ぶけどね」

「ひどいわ！」

ギャーギャー怒り出したスエレンの横で、キャリーンはしんとしている。この妹はもう現実の世界を生きていないみたい。戦死した初恋のブレント・タールトンのことばかり考えている。

その顔は幸福そうで静かに満ち足りていて、私はスエレンよりもこちらの方がずっと心配になる。

「ああ、なんてつらいことかしら……」

メラニーがため息混じりに言う。

「あんな素晴らしい青年たちがみんないなくなって、南部はこれからどうなってしまうの。スカーレット、私たち頑張って息子を育てましょうね。彼らのような立派な青年にするためにね」

「いいえ……」

キャリーンがささやくように言った。

「誰もあの人たちの代わりは出来ないわ。もうあんな人たちは出てこないの」

そうかもしれない。ハンサムで楽しくて、勇気があった青年たち。私に恋してた青年たち。もういなくなって、それきりなんだわ……。

オールドミスになる運命を避けて、別の道を選んだ娘もいる。

そのことを話した時から、何日もしない夕暮れ、キャスリン・カルヴァートがタラにやってきた。

耳が垂れ、足を引きずった世にも哀れなラバに横乗りをしていた。

本人はラバよりももっと哀れな感じ。昔なら召使いしか着なかったような、色褪せたチェックの平織りのワンピースを着ていた。陽《ひ》よけ帽の下の顔は、青白く険しかった。十も二十も年とったみたい。

彼女がこのあたりで、私の二番めぐらいに人気があった娘だなんて信じられる？もっともすごく離れた二番だったけど、とても可愛くて綺麗《きれい》だった。

そう、私たちの最後の、いちばんいい思い出。開戦の日のウィルクス家のパーティーで、キャスリンは青いオーガンジーのドレスを着ていた。白いバラの花をサッシュにさして、小さな黒いベルベットの靴を履いていたっけ。キラキラして本当に愛らしかった。

それなのに今、彼女は怖い顔をしておばあさんみたい。北部出身の継母と、やっぱり北部から来た奴隷監督のおかげで、屋敷は焼かれずに済んだけど、中はボロボロになってとても住めない。戦地から戻ってきたお兄さんのケードは、すっかり体を壊して病人になってしまった。

だけどこんなに変わっていいものかしら……。

「上から失礼するわ」

夕陽《ゆうひ》を背にラバに乗ったキャスリンが言った。

「私、結婚することになったから、そのことを伝えておこうと思って」

「何ですって！」

メラニーが手を叩《たた》いた。

「キャシー、おめでとう！　よかったわね」

「それでお相手は？　私たちも知ってる人？」

私の問いに、キャスリンが静かに答えた。

「ええ、相手はヒルトンよ」

「ヒルトン？」

「そう、ヒルトンよ。うちの奴隷監督だった男」

私は叫ぶことさえ出来なかった。

まさか、まさかね。いくら落ちぶれたといっても、大農場の令嬢が、よりにもよって使用人と結婚するなんて。

キャスリンは、メラニーの方を睨《にら》みつけている。

「泣いたら承知しないわよ、メラニー。あなたに泣かれたら、私は生きていられない」

メラニーは泣いたりしなかった。何も言わず、ラバの腹に置かれた、キャスリンの手づくりの不格好な靴をやさしく叩いた。昔はサテンやベルベットの靴にくるまれていた足。

「結婚式は明日よ。ジョーンズボロで。誰も招待はしないわ。じゃ、私は行くわね、知らせに来ただけだから」

手綱《たづな》を持って去ろうとするキャスリンに、気づくとまた質問していた。

「ケードの具合はどうなの？」

「危篤よ。せめて安らかに逝かせてあげたいと思ってるの。自分がいなくなった後、誰が妹のめんどうをみるのかずっと心配していたんですもの。継母と妹たちは明日北部に発つの。もう二度と戻ることはないわ」

じゃあと、手を上げた。

メラニーの目は涙で溢れそうだった。背のびしてキャスリンにキスしようとする。キャスリンも身をかがめた。初めての素直なしぐさ。

そして老いたラバは動き出した。

その姿が見えなくなってから、メラニーは本格的に泣き始めた。

「ああ、可哀想なキャスリン……可哀想なケード……」

「馬鹿馬鹿しい」

泣くなんてどうかしている。だって彼女はこうするしかなかったんだ。

「メラニー、だから言ったでしょう。南部の娘にはもう結婚しようにも相手がいないのよ」

「だからって無理に結婚することはないのよ。自分に釣り合う相手がいないなら、ずっと独身でいたって少しも恥ずかしいことはないわ。ピティ叔母さまを見て」

びっくりだ。メラニーはこういう差別的なことを考えていないと思っていた。奴隷監督と結婚、なんて、彼女には耐えられないことなんだ。
「ああ、こんなことになるくらいならキャスリンが死ぬのを見た方がよかったわ」
だって。なんて馬鹿馬鹿しいの。キャスリンは生きるために結婚を選んだのよ。
それと家族のために。
「ケードだって、妹がこんな目にあってどう思うのかしら。安らかに死んでいける
の？　ああ、カルヴァート家はもうおしまいよ。彼女が、あの人の子どもを産むな
んて、どんな子になるか……」
そしていきなりこんなことを言う。
「スカーレット、急いでポークに馬の仕度をさせて。今なら間に合うわ。彼女を追
いかける、そして私たちと一緒に暮らしましょう、ってキャスリンに言うわ」
やめてよと、私は叫んだ。なんてことを言うのよ。あたり前みたいに、タラに迎
え入れましょう、なんて。もう一人余計な人間に食べさせる気はまるでないわよ。
そう言いかけてやめた。メラニーがあまりにも悲痛な顔をしているんだもの。
そう、キャスリンの運命は南部の娘すべてのもの。キャスリンは自分、メラニー
はそう考えているんだ。

「わかってあげなさいよ、キャスリンはプライドに懸けてここにはやってこない。私たちのお情けなんて絶対に受けないわ」

「そうね、確かにそうね……」

メラニーは素直に認めた。あっけないぐらい。それならば、最初から引き取るなんて言わなきゃいいのに。そもそもメラニー自身が、私のお情けにすがっているんじゃないの。病身で赤ん坊をかかえてる。

私は思った。メラニーみたいな人は、戦争があっても何にも変わらないんだわ。昔のまま同じことを考えている。お金があって食料もたんまり持っている時とまるっきり同じ。そして他の人に慈悲の心で接して、自己満足するんだわ。私は絶対にそんなのにつき合わない。

時代は変わったんだ。まず自分が生き抜いてみせる。他の人のことなんか考えたりするもんですか。

それなのに私は、多くの男たちを助けなきゃいけなくなったんだ。

平和が訪れた最初の年の夏は、ものすごく暑かった。そしてあんなに静かだったタラが、急に騒がしいことになったんだ。

数ヶ月間というもの、かかしみたいに痩《や》せた男たちが、無精髭を生やし、裸足《はだし》にボロをまとってタラをめざしてやってきた。みんな日陰の玄関の階段で休息をとり、食べ物と一夜の宿を求めた。歩いて家に帰ろうとする南部連合軍の兵士たちだった。皆、もう残っているかいないかわからないわが家をめざし、気が遠くなるような道を歩いていくのだ。ほとんどが裸足で。ごく少数の運のいい者たちは馬やラバに乗っていたけど、それがひどく年老いている。痩せこけてよろよろしている。あれなら途中でへばってしまうのは間違いなかった。

でも皆不思議と明るい顔をしている。

家に帰ろう。家に帰ろう。

すべてが終わった。あとは始めるしかないという決意が皆を支えていたんだ。恨みごとを口にする者はほとんどいない。自分たちは立派に戦ったんだという誇りに満ちていた。

それはいいんだけど、シラミと赤痢にはうんざりだ。たいていの兵士が下痢に苦しんでいたし、体中をポリポリかきむしっていた。

「南部連合に、胃腸が丈夫な兵士は一人もいやしない」

マミイはかまどの前で汗だらけになって言った。黒いちごの根を煮出してつくる苦い煎じ薬は、お母さまがよくつくっていた特効薬、これは本当に効く。

「私に言わせりゃ、南部連合は北軍《ヤンキー》に負けたんじゃないね。自分たちの腹に負けたんだ。腹がぴーぴーで誰が戦争が出来るもんかね」

マミイは片っ端から彼らにこの薬を飲ませた。あまりにも苦いので、みんな顔をしかめながらもおとなしく飲んだ。誰もが故郷に、マミイみたいに口うるさくて親切な乳母や使用人がいたに違いない。

それからシラミに対しても、マミイは容赦なかった。

タラにたどり着いた兵士は、まず藪《やぶ》の茂みの奥に連れていかれ軍服を脱ぐように命じられた。それからたらいいっぱいの水と強力な灰汁製の石鹼で、体を洗わなくてはいけないんだ。その間、マミイは巨大な洗たく鍋で軍服を煮沸消毒した。

兵士には、体を隠すためにキルトや毛布をあてがった。

「兵士の皆さんにあんまりだわ」

メラニーやスエレンが抗議しても無駄だった。

「お嬢さまたちに、シラミをうつすわけにいかないからね」

マミイは寝室を使わせることにも反対したけれど、これは私が押しきった。毛足の長いベルベットの絨毯が敷かれた応接間を、雑魚《ざこ》寝《ね》用に開放したんだ。

おかげで数ヶ月後には、絨毯は擦り切れて、しまいにはげて、縦糸と横糸が見えてきた。

私はどうして、こんなに兵士たちにやさしかったんだろう。

もちろん南部のために、一生懸命戦ってきた人たち、というのがある。だけど心の中に占めていたいちばん大きなものは、アシュレが帰ってきたら、という思いがあった。

アシュレもこんな風にして、ジョージアをめざして歩いてきているかもしれなかった。時々はほどこしを受けながら。

それなのにこのタラで、何もしなかったらどうだろう。ケチで人情がない、という噂が残ったら……。私はそれが怖かったのかもしれない。

私たちは誰もが熱心にアシュレのことを尋ねた。

「アシュレ・ウィルクスを知りませんか」

メラニーのいないところで、私は必死に聞きまくった。

「収容所で捕虜になっていたはずです。アシュレ・ウィルクス、金髪で背の高い男性よ」

スエレンはケネディのことを。だけど二人のことを知っている人は誰もいなかった。

みんなでメラニーを慰めた。私は自分に言い聞かせるように、

「収容所で死んだりしたら、北軍の従軍牧師から知らせが届くはずよ。大丈夫、きっとこっちに向かっているのよ」

裸足のアシュレを想像して私は泣きたくなった。他の兵士はいくらでもボロを着ていればいいわ。でも私のアシュレだけは絶対にダメ。立派な馬に乗り、ピカピカの軍服とブーツで帰ってきてほしい。

六月になったある日、私はだんだんいらついていた。私の親切心にも食料にも限界がある。よろよろ歩いてくる兵士は、本当に途切れなかったんだもの。

そんな時に、ピーターじいや――ピティ叔母さんの大切な執事――が突然やってきた。私たちは大喜び、玄関で握手をして、お互いに質問をぶつけ合った。

だけどピーターじいやにはびっくりだ。私とメラニーに、一日も早くアトランタ

に帰ってきてほしいって言うのだから。叔母さまは、農園が大切だから帰れないという、メラニーからの手紙を読んで泣いているんですって。

「ピティさまがお一人では生きていけないことはよくご存知でしょう」

冗談じゃない。タラをほっぽり出して私がアトランタに帰れるわけがないでしょう。メラニーだけならともかく。

「問題は世間体が悪いっていうことなんです」

とピーターじいや。

「ピティさまお一人では、世間にどういう風に見られるかわかりません。嫁入り前の淑女が、一人で暮らしていては悪い噂が立ちますからね」

私とメラニーは、ついにたまりかねてうずくまった。おかしくておかしくて涙が出てきた。六十歳も近い太っちょの叔母さまも、ピーターじいやにとっては「嫁入り前の淑女」なんだ。

メラニーが涙をぬぐいながら言った。

「笑ったりしてごめんなさい。反省してるわ。でも許して、スカーレットも私も今はどうしても帰れないの。それにしても叔母さまは、あの骨だらけの馬に私たちを乗っけて帰らせるために、じいやをはるばるここに寄こしたの？」

　そのとたん、ピーターじいやがぽかんと口を開けた。いけない、という焦った表情。

「メラニーさま、私は本当にどうかしてました。ピティさまから言いつかったいちばん大切なことを忘れていました。あなたさまに手紙が届いているんです。ピティさまは郵便なんかあてにならないから、私がじかに届けるようにと」

「手紙、私に？　誰から」

「それが、ピティさまはこうおっしゃいました。『ピーター、くれぐれもメラニーを驚かせないように、そっと伝えて頂戴《ちょうだい》ね』と……」

　メラニーが立ち上がった。心臓をぎゅっと押さえながら。

「アシュレね！　アシュレが死んでしまったのね！」

「違います！　違いますよ」

　ピーターはかん高い声でわめいて、古びた上着のポケットをまさぐった。

「アシュレさまは生きておられます。ここにアシュレさまからの手紙が。もうじき帰ってこられるそうです……。あ、メラニーさま！　メラニーさま！」

メラニーはあまりの衝撃に失神してしまったんだ。マミイがとっさに、メラニーの体を支えながら怒鳴った。

「全くなんて使えない野郎なんだよ。そっと伝える、もないもんだ。ポーク、メラニーさまの足を持っておくれ。キャリーンさま、頭を支えていただけますか」

ソファに寝かされたメラニーのまわりに、皆が集まり、水だ、枕だと大騒ぎになった。

その間私は、玄関から動くことが出来なかった。

アシュレが生きている。アシュレが帰ってくるんだ。

頭はそう叫んでいるのに、喜びや興奮もなく、心がしんと静かになっている。喜びと驚きがいっぺんに来ると、こんな風になるんだろうか。

ピーターじいやが機嫌をとるように私に伝える。

「メーコンのご親戚の、ウィリー・バーさまがピティさまのところに手紙を届けてくださったんです。ウィリーさまはアシュレさまと同じ収容所にいらっしゃいました。ウィリーさまは馬がありましたから、早々に到着されましたが、アシュレさまは歩いてお帰りだそうで……」

私はピータージいやから手紙をひったくった。ピティ叔母さんの字で「メラニーへ」と書かれていたけれど、まるでためらうことはなかった。

薄汚れてしわくちゃの手紙。アシュレの字が目に飛び込んできた。

「ジョージア州・アトランタ、もしくはトウェルヴ・オークス、もしくはジョーンズボロ、サラ・ジェーン・ハミルトン様方、ジョージ・アシュレ・ウィルクス夫人殿」

ウィルクス夫人、ウィルクス夫人。それはメラニーのこと。アシュレは手紙を出す時、メラニーにこう書くんだ。ウィルクス夫人、自分の妻へ。

私にこんなに強い嫉妬を与えた罰として、私は手紙を勝手に読んでもいいと思った。字が飛び込んでくる。

「愛する人よ、僕はもうすぐ君のもとに帰る」

涙が溢れて、もうそれ以上読むことが出来なかった。喜びで胸が張り裂けそう。この手紙は私あてなの。そう、私への手紙。

「愛する人よ、僕はもうすぐ君のもとに帰る」

手紙を胸に抱き、ポーチの階段を駆け上がって廊下を抜けた。みんながせっせとメラニーの介抱をしている応接間の脇を走り、お母さまの仕事部屋に飛び込んだ。そしてドアを閉める。ソファにつっぷして泣いて、そして手紙にキスをした。何度も。

「愛する人よ、僕はもうすぐ君のもとに帰る」

アシュレは私のもとに帰ってくるんだ！

でも常識的に考えて、イリノイ州からジョージア州まで歩いて帰ってくるとしたら、少なくとも数週間かかる。へたをすると数ヶ月かかるかもしれない。

それでもタラに続く道に兵士が現れるたび、誰もが胸を高鳴らせた。ちらりとでも軍服が見えると、みんな牧場、綿畑から飛んできた。手紙が届いてから一ヶ月は、おかげで仕事にならなかった。アシュレが帰ってきた時、家には誰かがいなくてはならなかったから。

最近メラニーは、やたらうきうきして鼻歌なんか歌ってる。こっそり肌の手入れをしているらしい。ウリからローションをつくっているのを私は知っている。使っていない枕や布団を干しているのを見た時、私は嫉妬のあまり目が眩みそうになった。どうしてアトランタの戦火から、メラニーを救い出したりしたんだろう。メラニーのことなんか、少しも好きではないのに……。

それにしてもアシュレは、なかなか帰ってこなかった。その代わり、兵士はいっぱいやってきたけど。

兵士は一人で来る時もあれば、何十人と連れ立って来る時もあった。みんながみんなお腹を空かしていた。私はうんざりして、これならイナゴの襲来の方がまだましだと思ったくらい。

南部人だということが、つくづく恨めしかった。南部には昔から旅人をもてなす伝統があった。身分の高い低いにかかわらず、必ず一夜の宿を貸し、食事を提供するのだ。馬にもたっぷりのエサと水を与える。

私にしてみれば、古い時代の慣習でもうとっくにそんなことは終わっている。それなのに兵士も家の者たちも、歓待したりされたりするのがあたり前だと思っているのだ。

兵士たちはタラの数ヶ月分の食料を、あっという間にたいらげた。今、うちには二、三ドルと金貨が二枚あるだけ。いったいどうして、この飢えた男たちを食べさせなければいけないんだろう。

それなのにメラニーったら、自分の食べる量をほんの少し、スズメの涙ほどに減らしてでも、その分を兵士にまわすようにと私に頼んできた。

「いい加減にしてよ」

私は怒った。

「まだ半病人みたいなものなのに。もっと食べないとまた体を壊して、私たちが看病しなきゃならないのよ。あの人たちはどうせ空腹なんて慣れっこなんだから」

メラニーはじっと私を見つめる。その瞳の奥に、私への軽蔑がありありと浮かんでいた。

「スカーレット、どうか怒らないで。これがどれほど私の救いになっているか、あなたにはわからないわ。かわいそうな兵士の皆さんに、私の分をあげるたびに思うの。きっと北のどこかで、私のアシュレにも誰かが食べ物を分けてくれている。そして彼は私のもとに戻ってくるんだって」

私の中であのフレーズがリフレインする。

「愛する人よ、僕はもうすぐ君のもとに帰る」

仕方ないわ……。前よりもほんの少し兵士の食べ物をマシなものにした。

飢えてうちにたどり着く兵士も困るけれど、すぐに亡くなってしまう兵士はもっと困る。時々、玄関にどさっと病人が置かれることがあった。道端で倒れているのを、誰かが馬に乗せてくるんだ。

ウィル・ベンティンもそんな風にしてやってきた一人だ。ひどい肺炎を患っていて、片方の脚は膝から下がなくて、ものすごくちゃちな義足をつけていた。

ずっと意識がなかったのに、キャリーンが必死で看病したおかげで、彼は一命を取りとめた。そして回復するまでずっとうちにいることになった。骨と皮ばかりの青年が、私の大切な話し相手になったのは不思議だった。ウィルは下品な話し方はいっさいしなかったけれど、上流の出でないことはすぐにわかった。それでも彼の思慮深い言葉やふるまいは、どれほど私の心を救ってくれただろう。

私は彼に何でも打ち明けた。使用人たちにはたえず文句を言われること。妹のスエレンとはどうしても気が合わないこと。そしてついには、うちにやってきた北軍兵《ヤンキー》を撃ち殺したことまで話していた。するとウィルは微笑《ほほえ》んでこう言ったんだ。

「それはお手柄でしたね」

私は本当に救われた気持ちになった。

家の中をよろよろとだが歩けるようになると、ウィルは裂いた樫《かし》の木でかごを編んだり、北軍に壊された家具を修理するようになった。木片で器用におもちゃをつくってくれるから、ウェイドもそばを離れない。

気づくとウィルは、家族の一員になっていた。ウィルが家の中にいて、ウェイドと二人の赤ん坊のめんどうをみてくれるので、みんなが安心して外に働きに出ることが出来たんだ。

ウィルが打ち明けてくれたところによると、彼は南ジョージアで小さな畑と、二人の奴隷を持っていたという。だけどその奴隷はとうに解放され、畑も荒れはててしまった。唯一の身寄りの妹は、何年も前に結婚して夫と一緒にテキサスに移り住んでいる。つまり天涯孤独の身の上なんだ。だけどそれを特段つらいとも思っていないみたい。自然に自分の運命を受け入れようとしていた。

自分も畑を耕していたウィルの指示は、本当に的確だった。雑草取りや土の掘り起こし、種蒔《たねま》き、豚の飼育、私は何でも彼に相談した。するとすぐに答えが返ってくるのだ。

そう、考えてみると私はずっと一人で闘っていた。一度もやったことのない綿の栽培や畑づくりを、見よう見真似でやってきた。自分でもわからないから、皆を怒鳴りながら。だけど今はウィルが静かに私の話を聞いてくれて、こうしたらいいと励ましてくれるのだ。そして留守番だけでなく、いつのまにか帳簿付けや綿花を買いに来る業者との交渉、種の買い付けもやってくれるようになった。

「皆さんには本当によくしていただきました」

彼は言った。

「赤の他人の僕の命を救ってくれたんです。そしてたいへんなめんどうとご心配をおかけしました。もしお邪魔でなければ、せめてご恩の一部でもお返し出来るまで、こちらに残って仕事を手伝わせてくれませんか。ご恩のすべてはとてもお返ししきれません。命を救っていただいたんですから」

ウィルは決してでしゃばることもなく、私の重荷を引き受けようとしていた。

後にマミイは断言したものだ。

「あの男は神さまが遣わしてくれたんですよ」

本当。もしウィルがいなかったら、この半年を乗りきれなかったかもしれない。あのままだったら心が壊れてしまったに違いない。

ウィルは常に私に寄り添ってくれた。辛抱強く効率的に。片脚がなくても、ポークより速く歩くことが出来たし、動きは敏速だった。

牝牛《めうし》の腸がねじれた時も、馬が原因不明の病気で死にかけた時も、ウィルが徹夜で動物たちを救ってくれた。朝、リンゴや野菜をちょっと積んで出かければ、夕方には種や布地や小麦粉に換えて帰ってくる。とんでもない交渉術の持ち主だった。

その日、私たちは馬を貸すことについて話し合っていた。まるで男同士のような会話。

その時、ウィルがふと顔を上げ、手でひさしをつくって馬車道を見た。

「また来ました。兵士です」

もう見慣れた光景だった。髭面《ひげづら》の男がゆっくり木立の中を歩いてくる。青い軍服と灰色の軍服がごちゃまぜになったボロをまとい、ぐったりと首を垂れ、足を引きずっている。私はつぶやく。

「あんまりお腹を空かせていないといいけど」

その時、傍らのメラニーが、ひぃーっと声をあげるのを見た。顔が真白になり、瞳が大きく見開かれた。いけない、失神する、と支えようとした時、メラニーは私の手をふりはらって階段を駆けおりた。

私は悟った。兵士が誰か。

私も続けて走っていこうとした。しかし誰かが私のスカートをつかんだ。ウィルだった。

「邪魔をしてはいけません」

「放して。バカ、放して。アシュレが帰ってきたのよ」

彼はスカートをつかんだ手をゆるめなかった。

「彼は彼女の夫です。違いますか」

どうして彼は、そんな強い力を持っていたんだろうか。

31

アシュレが戦争から帰ってきた。私のもとに。メラニーのところじゃない。私はずっとそう信じている。

聞いてほしい。私がどんなに用心深くふるまっているか。アシュレを迎え入れた時も、私は一族の女として以上の喜びを、そうあらわさなかったと思う。

頭がおかしくなったようにアシュレに抱きつき、キスを繰り返していたメラニーとは違い、私はアシュレとふつうのハグをし、キスは頰《ほお》に受けた。ちゃんと唇でキスをし合ったことがある私たちだったけれど、その時は親愛のキスだけ。

「スカーレット、ありがとう」

とアシュレは言った。

「メラニーと息子を君は守ってくれたんだね」

当然のことでしょ、と私は答えたけれども本当はこう言いたかった。ものすごく足手まといで、何度も置いていこうと思ったのよ。だけどあなたはいつか帰ってくる。あなたに不人情なひどい女だ、って思われたくないために、私はちゃんと頑張ったんだから。

だからちゃんとキスをしてほしい。

こんな儀礼的なやつじゃなくて、魂ごとぶっつけてくるようなキス。あなたは以前ちゃんと私にしてくれた。あなただってそうしたいはず。だけど仕方ない。私たちのまわりには皆がいる。そしてあなたの腕には、死んでも放すもんかというふうにぶらさがっているメラニーがいる……。

私はもっとずる賢くならなきゃ。これからひとつ屋根の下でアシュレと暮らす。そう、気持ちを隠すんだ。いつかやってくる日まで。

でもその日っていつなんだろう。何のためのいつ？　私にはわからない。わかっているのは、どうしようもないぐらいアシュレを愛しているということ。痩《や》せて、髪が薄くなり、ボロをまとっていても、やっぱり私のアシュレは素敵だった。彼についていたノミだって愛しいぐらい。

アシュレ、アシュレ……。どうか私の心を静めて。私に行動を起こさせないで。まだその時じゃないから。

だから私は、アシュレに対してそっけなくふるまった。事務的にこう伝えただけ。

「どうか体が元どおりになるまで、ゆっくりと休んで頂戴《ちょうだい》」

半月も経《た》った頃、アシュレは畑に出たり、ちょっとした大工仕事をやってくれるようになった。だけどほとんど使えない。数ヶ月経った今も。

仕方ないかも。だってアシュレの綺麗《きれい》な手は、本をめくったり美術品を撫《な》でるためにあるんだもの。ウィルクス家の跡取りとして、ずっとヨーロッパを旅行していた彼。本当はロンドンに留学したかったのに、お父さまが許さなかったんだ。

もう焼けてしまったけど、オークス屋敷の図書室を思い出す。あそこは郡でいちばんの蔵書があると有名だった。多くは、アシュレがヨーロッパから持ってきたものだ。

薄暗い図書室で、本を読んでいるアシュレを見たことがある。家にいる時も、真白いカラーのシャツを着て、きちんと上着を羽織っていた。私は本なんか大嫌いだけど、本を読むアシュレは大好きだった。

アシュレはピアノもうまいし、ラテン語だって知ってる。だけどそれだけじゃない。乗馬や狩りだって、あの遊びまわってばかりのタールトン家のメンバーの誰よりもすごかった。

だけど今、よくわかった。アシュレは働くことにまるで向いていない。力仕事だけじゃない。経理や今年の作付けをどうするか、なんていうことも、アシュレは苦手だった。

「本当に君の役に立つことが出来ない。申しわけない」

と謝るアシュレに、私は首を横に振る。

「大丈夫よ。うちにはウィルがいるから」

そのウィルがジョーンズボロから帰ってきた。とても深刻そうな顔をしている。

私にいきなり尋ねた。

「ミス・スカーレット、今、現金をいくら持ってますか」

「お金めあてに、私と結婚しようってわけ？」

私は時々、ウィルを相手につまらない冗談を言う。彼はそれをまじめにとって、それがおかしいから。

「いいえ、ただ知りたいだけです」

「金貨で十ドルあるけど。あの北軍兵《ヤンキー》からの残りよ」

うちにやってきた脱走兵を射殺したことを、ウィルには打ち明けていた。脱走兵の財布のお金をすっかりいただいたことも。

「なるほど。でもそれでは足りませんね」

「何に足りないの？」

「税金にです」

税金ですって！

「ウィル、何言ってるのよ。税金ならもうとっくに払ったじゃないの」

「しかし、連中はあれでは不足だと言い始めたんです」

「わからないわ。それってどういうことなの」

「あなたにこれ以上、ご苦労はかけたくなかったんですが……」

と、ウィルはジョーンズボロの役所での話を語り始めた。戦争の後、あの町では裏切り者の南部白人や共和党員、一攫千金を狙う北部からの渡り者たちがはびこり始めた。戦争を耐えぬいた南部の豊かな土地や農場、邸宅を狙って多くの者たちが暗躍しているんだ。

「あなたたなら、ただちに撃ち殺すような連中です」

「そんなならず者と、うちとどういう関係があるのよ？」

ウィルは私にもわかりやすく説明を始めた。そうした薄汚い連中の一人が、タラを狙っているというのだ。タラが今でも綿花をたくさん収穫する大農園であるかのように設定して、役人をたきつけ、たくさんの税金をかけてきた。税金が払えないタラが、競売に出されるのを見越しているという。そうしたら安値で買い叩《たた》き、このタラの主人になるつもりなのだと。

「そんなこと、絶対に許さないわ。許すもんですか」

あまりのおぞましさに私は身震いした。

「そんな卑怯なことをするの、いったい誰なの？」

タラを狙う悪党なんて見当がつかない。狙う、っていうことはこのタラを知っているということよね？　うちにはそんな下品な人たちは出入りしていなかったし、親しい人たちは今、みんな誰もが貧窮にあえいでいる。

「僕は酒場のまわりをうろついて、それが誰なのか探ろうとしましたが、うまくいきませんでした。ですが、ミス・キャスリンと結婚した、あの嫌な男、ヒルトンは知っているようです。探りを入れた時、妙な笑い方をしていましたから」

大農場の娘だったキャスリンは、家族のため、もうすがる人がいないために、奴隷監督のヒルトンと結婚したんだ。信じられる？　お嬢さまとして、郡の社交界で生きてきたキャスリンが、使用人と結婚するなんて。それを聞いた時、メラニーなんて、卒倒するぐらいわんわん泣いてたけど、私は仕方ないと思った。だって生きるためには何でもしなきゃいけない。私たちは本当に貧しさと飢えの中にいるんだから、身分がどうの、なんて言っていられないんだもの。

でも、自分たちのこととなったら話は別だ。いくら貧乏になったからといって、タラを売ることとなんか出来ない。だいいち、税金ってどういうこと？　どうしてそんな不当な、北部が勝手につくった法律を守らなきゃいけないの？

考えてみると、私は外の世界のことを知らなかった。生きていくのに必死で、政府だとか、新しい法律なんて、まるっきり興味を持たなかった。もちろん、スキャラワグと呼ばれる、共和党に鞍替えして甘い汁を吸おうとしている南部人のことや、カーペット地の旅行カバンひとつでやってきて、ひと旗上げようとしている北部人、

〝カーペットバッガー〟のことも知っている。解放されて、目に余る行動をしている奴隷のことも。だけどまるでピンとこない。そういう人たちを見たこともなかったんだもの。

私はもともと政治の話が大嫌い。戦争前、男の人たちが南部連合がどうの、北部との交渉がどうの、という話題になるたびにいらついていた。お父さまが喋《しゃべ》り出すと、聞いているふりをして明日のダンスパーティーのことを考えていたし、男の子たちが戦争が始まりそうだなんて話をし出すと、

「これ以上言ったら、私の近くに来させないわよ」

と怒ったたっけ。

後でさすがの私もいろいろと勉強をした。

戦争に負けて、私たちジョージア州は、北部の連邦軍の統制下に置かれていたわけ。北軍兵が駐屯し、黒人解放局がすべてを牛耳ってた。この黒人解放局は、解放した大勢の黒人奴隷たちのめんどうをみるのが目的だったけど、たいしたことはしていない。彼らに職を与えるわけでもなく、単に食べ物をほどこし、過去の主人たちがいかにひどいかってことを吹き込むだけ。そしてたくさんの嘘をついて、黒人

たちの歓心を買ったんだ。彼らに選挙権を与えるとまで言い出して。すぐに白人と黒人との結婚は認められ、旧主人の持っていた土地は分割して黒人たちに分け与えられるとか、すべての黒人に、四十エーカーの土地とラバ一頭が支給されるとか、絵空事を吹き込んだ。

さらに南部人と民主党は、策を練って奴隷制度を復活させようとしているとまで言いふらしたから、黒人たちは信じちゃったわけ。

その黒人解放局は、もはややりたい放題。自分たちに都合のいいように、どんどん法律をつくり替えていった。その支部長が、ジョナス・ウィルカーソン、助手がヒルトンだなんて笑っちゃう。どっちも白人のクズで、もとはといえば大農場の奴隷監督なんだから。

自分たちは、黒人の扱いに慣れているとか言って、立候補したんだろうか。

二人ともれっきとしたろくでなしじゃないの。

ジョナス・ウィルカーソンは、うちの使用人だったけど、近くの貧乏白人の娘を妊娠させた。怒ったお父さまが、ただちに解雇したんだわ。

あの二人のことを考えると、気分が悪くなってくる。どちらも最低の男たち。だけどウィルは、長いこと私に黙って、ジョーンズボロで会っていた。うちの物々交換が少しでも有利になるように頼んでいたんだ。

どうりで、彼が町に行くと、うちの綿花や野菜が、たくさんの小麦粉や生地に化けると思った。

だけどウィルは、うちの追徴税のことを聞いて、心底びっくりしたみたい。そして一刻も早く私に知らせようと、馬車を走らせジョーンズボロから帰ってきたというわけだ。

だけどそんなお金が、うちにあるわけがない。

「ああ、北部人《ヤンキー》なんて地獄に落ちてしまえばいいんだわ！」

私は叫んだ。

「私たちを打ち負かしたからって、財産のすべてを持っていったのよ。絨毯までひっぱがして、これ以上、私たちから何を奪おうっていうの⁉」

私は本当に世間知らずだった。戦争が終われば、少しずつ生活はよくなる。来年の収穫まで我慢すれば、きっといい方向に向かっていく、って信じていたんだもの。悪党どもによって、不当な税金がかけられるなんて、考えたこともなかった。

「あと、どのくらい税金を払えっていうの？」

「三百ドルです」

声も出ない。どうやってそんな大金をつくればいいんだろう。

「ああ、ウィル、その三百ドルがないと、このタラは競売にかけられるの？」

「そうです、ミス・スカーレット」

ウィルは何かを決心したように、いっきに喋り始めた。

「信じられない話ですが、あのカーペットバッガーやスキャラワグに投票権があるのに、僕たち民主党員にはほとんど選挙権がないんです。この州の民主党員で、戦前、高額納税者だった人たちは投票出来ないんです」

「じゃあ、お父さまはダメだってことね」

「そうです、ご近所の方々は誰も投票出来ません。南部連合の官職にあった人も、将校として戦争に行った人も。地位がある人、知識がある人、財があった人は、すべて投票出来ない仕組みです」

ウィルは続ける。ヒルトンやジョナス・ウィルカーソン、貧乏白人のスラッタリー、昔は誰にも相手にされなかった連中がものごとを動かしている。そしてあいつらが、このタラを標的にして、追徴税を払わせようとしていると。

「わかったわ……」

　私は言った。

「タラが素晴らしい農園だって皆が知っているはずよ。抵当に入れましょう。そうしたら、きっと税金を払うぐらいのお金は借りられるわ」

「ミス・スカーレット、あなたは決して馬鹿ではありませんが、時々馬鹿なことを口にしますね。いったい誰があなたに、お金を貸すっていうんですか。土地以外に、何も持っていない人たちばかりです。今、たっぷりお金を持っているのは、このタラを狙っている怪しい連中ばっかりです」

「ダイヤのイヤリングがあるわ」

「ミス・スカーレット」

　いちいち悲しそうに呼ぶから腹が立つ。

「いったい誰が、あなたのイヤリングを買うお金を持っているんですか。明日のベーコンを買う金もないのに」

　私たちはしばらく何も言わず、じっとうつむいていた。荒れて陽灼《ひや》けした私の手。

タラを守ろうと必死で頑張ってきた手。だけどもう無理なのかもしれない……。

「どうしたらいいんでしょうか、ミス・スカーレット」

「わからないわ」

もうどうでもいいって感じ。だってどうやっても、三百ドルなんて大金をつくれるはずないんだもの。

「ウィル、お父さまには知らせないで。心配するから」

話したところで、もう理解出来ないし。

「もちろんです」

「誰か他の人に話した？」

「まさか、ミス・スカーレット。あなた以外誰にも話していませんよ」

「ミスター・ウィルクスに話してみるわ」

さりげなく私は言った。ウィルは黙って私を見ている。彼は私のすべてを見透かしているような気がした。そう、アシュレが帰ってきた時、駆け寄ろうとした私のスカートをつかんだのもやっぱりウィルだった。

「ウィルクスさんなら、果樹園で丸太を割ってます。さっき音が聞こえました。だけど彼だってお金はありませんよ。話したところで状況は同じです」

ウィルの口調には皮肉や非難はない。ただ事実を言っているだけ。でも私はちょっとむっとした。

「私が話したければ、話すのは自由じゃないの」

そう言い捨てて私は立ち上がった。でも果樹園に向かう時、私の足どりははずんでいた。アシュレが帰ってきてから、二人きりで会うのは初めてだ。いつも誰かが取り囲んでいたし、隣りにはべったりとメラニーが張りついていた。

メラニー……。私がいなければ、とっくにアトランタで赤ん坊と一緒に死んでいたくせに。

果樹園の葉の落ちた木の下を歩いた。霜が降りた草が私の足を容赦なく濡らす。冷たい風が吹いてきた。ショールをしていった方がいいとウィルは言ったけれど、そんな余裕はなかった。一刻も早くアシュレに会いたかったから。

斧の音が響いている。アシュレが沼地から引きずってきた丸太を割っているんだ。北軍《ヤンキー》が気楽に焼きはらった柵《さく》をつくり直すために。それはとてもつらい、時間のかかる仕事だった。

風が枝を揺らすザクロの木立をぐるりとまわると、アシュレが斧に体をあずけ、手の甲で額の汗をぬぐっているのが見えた。南軍の軍服のズボンだけをはき、お父さまのお下がりのシャツを着ていた。それは裁判の日やパーティーの日のための、お父さまのよそゆき。優雅なひだがついている。だけどそれはアシュレには丈が短過ぎた。ズボンとの間に隙間が出来ている。上着は木の枝にかけてあった。

私はアシュレに近づいていく。

あの荘厳なオークス屋敷で王子さまのように暮らしていた、そのアシュレがボロをまとって、丸太を割っているなんて。私は愛しい気持ちと、運命に対する怒りとで胸がいっぱいになる。

可哀想な、私の大切なアシュレ……。

彼の体は最高級の黒ラシャとリネン以外のものをまとうためにあるんじゃない。彼の手は力仕事をするためにあるんじゃない。

私の息子がずだ袋でつくった前垂れをしていようと、妹たちが古い擦り切れた綿の服を着ていようと、ウィルが野働きの奴隷よりもひどい労働をしていようと、私は耐えることが出来た。へっちゃらとは思わなかったけれど、仕方ないと見て見ぬふりをすることが出来た。でもアシュレはダメ。アシュレが丸太を割るのを見るくらいなら、自分で割った方がましだわ……。

アシュレは私に気づいてかすかに笑った。

「リンカーンも丸太割りからスタートしたというからね。僕もいい線まで行くかもしれないね」

私は顔をしかめた。彼にこういう冗談は似合わない。少しも笑えなかったし、苛立ちさえ憶える。

私は手短にウィルから聞いたことを告げた。彼と二人きりでいるときめきを紛らわそうとそっけなく。

私はアシュレに期待していたんだろうか。彼なら解決してくれると。いいえ、そんなことはない。そんなことはないけれど、私を救ってくれる助言を私は待っていた。そう、助言でよかったんだ。アシュレは震えている私を見て、枝から上着をとり私の肩にかけてくれた。アシュレのにおいに包まれ、私は気が遠くなりそうになった。だけどごくふつうに続ける。

「そんなわけで、どこかでお金を工面しなきゃいけないのよ」

「でも、どこで」

「だからそれを相談しているんじゃないの」

　彼にお金も社会的な力もないことを知っているけど、これではあまりにも頼りない。

「こっちに戻ってからもう何ヶ月にもなるけど、金を持っている人間の話なんか聞いたことがない。ただ一人、レット・バトラーを除いてはね」

　その話は私も知っている。先週ピティ叔母さんからメラニーに届いた手紙によると、レットは馬車と二頭のぴかぴかした馬と、ポケットにグリーンバック紙幣をぎゅうぎゅうに詰め込んでアトランタに帰ってきたという。でも叔母さまに言わせると、どうもまともな方法で手に入れたのではないらしい。アトランタの他の住民たちも、レットが何百万ドルっていう南部連合政府の伝説の財源を持ち逃げしたと信じている。だけど今、レットの話をしてどうなるっていうの。

「もし、この世に本当のやくざ者がいるとしたら、間違いなく彼よ。そんなことより、私たちはいったいどうすればいいの」

　アシュレは斧を置いて、私から視線をはずした。その遠いところを見ている目は、私には到底理解出来ないものだった。

「さあ、どうなるのかな……」

ぼんやりと答える。

「タラだけじゃなく、この南部に住む者たちは、いったいどうなるんだろう」

私は彼の肩を揺さぶってみたくなった。

「他の南部の住民なんて、知ったことじゃないわ。私はね、今、私たちタラに住む者たちのことを話してるんじゃないの！」

でも私は、口をつぐんだままずっとあらぬ方を見ているアシュレに、その答えを求めるのは無理だとわかってきた。そう、アシュレはだんだんむずかしいことを言い始めた。

「結局、行き着く先は同じなのかもしれない。文明が滅びるたび、やっぱり同じことが起こるんだ。知恵と勇気を持つ者だけが残り、持たざる者ははじき出される。愉快とは言えないが、少なくとも興味深い経験だよ。まさかゲッテルデンメルングをこの目で見ることになるとはね」

「は？」

「ゲッテルデンメルング……神々の黄昏《たそがれ》さ。不幸にも南部人は自分たちを神だと思っていた」

「アシュレ、いいかげんにして！」

たまりかねて私は怒鳴った。

「いったいいつまでそこにつっ立って、わけのわかんないこと言ってんのよ。はじき出されるのは、この私たちじゃないの！」

彼ははっとしたようにこちらを見た。さっきまでどこかをさまよっていた目は、現実に戻って私の顔で留まった。アシュレは私の手をやさしくとって、手のひらを上に向けた。そこには絶対に見られたくなかったまめがあった。

「この手は、僕が知る限りいちばん美しい手だ」

そして手のひらにそっとキスをした。どうかそんなに見ないで。キスなんかしないで。

「この手はとても美しい。とても強い手だから。このまめのひとつひとつが、君の勇気と強さの証《あかし》だ。この手は僕たちみんなのために荒れた。君のお父さんや妹たち、メラニー、赤ん坊、使用人たち、そして僕のために。わかっているよ、愛しい人。

君が何を思っているか。地に足がつかない愚かな男が、またくだらないことを言っている。生きた人間が窮地に陥っている時に、神々がどうした、なんて言ってられないって。そうだろう」

私は頷《うなず》いた。あたり前だ。やがて彼は、私の手を放した。

「君は助けを求めて僕のところに来た。でも僕は君を助けられない」

彼の視線は、斧や積み上げられた丸太に行く。

「僕は家をなくし財産をなくした。いつもあたり前にそこにあって、持っていることさえ気づかないでいたものを、すべてなくしてしまったんだ。今、僕はこの世界のどこにも居場所を見つけられない。僕の属していた世界はなくなってしまったんだから。僕は君を助けることは出来ないよ、スカーレット。僕は不器用で誠実な農夫になるのがせいぜいだ。日を追うごとに、自分がいかにこの運命に無力かを思い知るんだ。スカーレット、僕の言ってることがわかるかい?」

わかるわ、と私は答えた。本当はよくわかっていなかったけれど、アシュレがこんな風に自分の心のうちをさらけ出してくれたのが嬉しかった。

「要するに、スカーレット、僕は臆病者なんだ」

「そんなことないったら」

私は首を横に激しく振る。

「どうして臆病者がゲティスバーグであんな戦いが出来るの。どうして将軍が――」

「それは勇気とは違う」

アシュレが遮った。

「戦いはシャンパンみたいなものだ。英雄だけでなく、臆病者の頭も一瞬でしびれさせる。誰だって勇敢になる。勇敢にならなければ殺されるんだから。スカーレット、戦争が起こる前、人生は美しかった。うっとりするほど完璧だった。オークス屋敷に暮らす僕は、あの世界の住民であの世界の一部だった。今になって、僕が見ていたのは影絵だと気づいた。あの頃僕はそうでないものは寄せつけようとしなかったんだと。スカーレット、僕は君をも避けようとした。君は生命そのもので、臆病な僕は君より影と夢を選んだんだ」

「メラニーは？」

「メラニーは淡い淡い夢だ。僕の夢想の一部だ。もし戦争が起きていなかったら、僕は喜んでオークス屋敷に埋《うず》もれ、世の流れに加わることなく、傍観者のまま生涯を終えていただろう。だけど僕は今、妻子を養うために、この生身《なまみ》の人間が暮らす世界を渡っていかなくてはならない。スカーレット、君は人生の角《つの》をつかんでねじ伏せ、自分の言うことを聞かせる。でも僕みたいな男は、いったいどうしたらこの世界で生きていける？　僕は怖いんだ」

　彼の言っていることはよくわからない。メラニーならわかるだろう。メラニーはいつも、詩や本や、夢や月の話をしているから。アシュレは急に口調を変えた。

「許してくれ、スカーレット。君にこんな話をしてもわかってもらえるはずはない。君はライオンのように勇ましくて、想像力というものを持ち合わせていない。僕はそれがまぶしいよ。君は現実を決して厭わず、僕のようにそこから逃げようとしない」

「逃げるですって！」

　初めて共通の、理解し合える言葉を聞いた。逃げる。

「アシュレ、そんなことはないわ。私だって逃げたいの。何もかももううんざりよ」

私は大声をあげた。

「私はもうくたくたなの。もうこれ以上耐えるつもりはない。必死に食べ物をかき集め、お金を貯め、雑草を抜いて鍬《くわ》を握り、綿花を摘んできた。でもアシュレ、南部は滅んだの。私たちに残されたものはない。だからアシュレ、逃げましょう」

初めて彼ははっきりと私の顔を見つめた。驚きのあまり、青い瞳は大きく見開かれている。

「もう家族なんてうんざり。ああ、アシュレ、逃げましょう。二人でメキシコへ。メキシコは将校を募集しているはず。きっと幸せになれる。私はあなたのために働くわ。アシュレ、あなたのためなら、何だって出来る」

そう、メキシコに逃げる。口に出してみると、これはずっと前から私が考えていた計画のような気がした。

アシュレは何か言いかけたけど、私はその隙を与えなかった。

「あなただって、わかっていたはずよ、あなたはメラニーのことなんか愛していない！」

そうよ、こうなったらすべて言ってしまおう。もう平静を装うお芝居なんてまっぴら。

「いつか言ったでしょう。彼女より私を愛しているって。そう、あなたが出征する日よ。あなただってちゃんと憶えているはずよ。私にはわかる。それに今、あなたは言ったじゃない。メラニーはただの夢だって。メラニーなんて、あなたを幸せにしてあげられない。アシュレ、逃げましょう」

私は彼の手を握り、はっきりと言った。

「私なら、あなたを幸せにしてあげられる」

（第5巻につづく）

読者のみなさまへ

本文には、現代の観点から見ると差別的とされる表現が含まれていますが、当時のアメリカ南部における奴隷制度や白人たちの人種差別・偏見を描いた原作『風と共に去りぬ』の執筆当時の時代状況と文学的価値を鑑み、敢えて原文を尊重した表現としました。

翻訳協力　関口真理、土井拓子

私はスカーレットI・II・III

林 真理子

イラスト／加藤木麻莉

「そうよ、
私、スカーレット・オハラは、
いつもまわりの女たちに
〝負け〟を宣告していたのよ」

「オレたちは似た者同士。
どっちも裏切り者で、
自分勝手な悪党だ」